我的座右铭——
应该是『千金之子，坐不垂堂』吧……

你不嫌弃的话，要吃吗？
『文学少女』天野远子

姬仓麻贵
雨宮萤

琴吹七濑
装什么优等生，感觉真讨厌！
樱井流人
我就是喜欢惊险的生活，这反而让我充满斗志！

只要让时间倒流就好。

嘿，心叶
你知道怎样拿回失去的东西吗？

目录

文学少女

渴求真爱的幽灵

精装珍藏版

〔日〕野村美月 著 〔日〕竹冈美穗 绘

哈娜 译

人民文学出版社
PEOPLE'S LITERATURE PUBLISHING HOUSE

序章

代替自我介绍的回忆——当时的我是“家里蹲”(注1)

这里是厌恶俗世者的天堂。

虽然有些绅士会说着这种话，跑到乡下去隐居。不过只是个初三学生的我，却也隐居在自己的房间里。

我在大白天就拉起窗帘，窝在床上裹着棉被，一边叨念着“真希望太阳不要升起，希望明天永远不要到来”，一边紧抓着床单，把脸埋在枕头里，抽抽噎噎地哭泣着。

日本明明有那么多初三的男生，为什么只有我遭遇到这种事？

我到底做了什么？我并不是厌恶俗世。我只是因为第一次写的小说偶然获得了新人奖，偶然成为史上最年轻的得奖者，偶然取了“井上美羽”这个像女生的笔名罢了。

但是那本小说出乎意料的畅销，宣传活动还说我是什么“谜样的天才美少女作家”——为此，我失去了最重要的东西。

我跟从小就很喜欢的一个特别的女孩，已经再也无法见面了。世人却对十四岁的天才少女赞誉有加，擅自猜测着井上美羽的真正身份，出版社的人也不断地催促我快点写出下一本作品。

美羽已经遭遇到那种事了，为什么我还得继续写小说？

拜托你们放过我吧，我不是什么天才作家，更不是适合撑着白色洋伞的大家闺秀。我再也不要写小说了！

我全身冒着冷汗，指尖也变得麻痹，胸口仿佛被万钧之力压迫得喘不过气，因此我关上了房门，紧闭双眼，塞住耳朵，阻绝一切外来的信息，假装一切都不曾发生过。

在门外发生的事全都是梦。门里的世界才是现实，门外的世界全都是谎言。拜托不要有人打开门，不要走进房里。如果打开门，谎言的世界就会变成怒涛般的现实朝我袭来，我会被那个世界给吞噬而窒息的。

我一边咬着被汗水浸湿的棉被，咬到牙龈几乎出血，一边打从心底深深盼望时间可以回到过去，盼望一切都能重新来过。

就算只有几个月也行，如果能回到过去就好了……

如果愿望真能实现，我绝对不会再写什么小说，也绝对不会去参加新人奖。

我可以继续保持平凡初中生的身份，继续待在美羽身边，看着美羽的笑脸，听美羽说些像是树叶筛落的阳光一样美丽的故事，为美羽写下的活泼文字而陶醉。只要这样我就满足了，也无须畏惧世界和他人，可以平稳幸福地活下去。

我好想回到过去。好想重新来过。

神啊，我请求你，让我回到写小说之前的时光吧！

但是，无论我这个初三男生在阴暗的房间里再怎么认真祈祷，这种投机的心愿也不可能会实现。

漫长严冬结束后，我蹒跚地爬出房间，去参加考试，成了高中生。

然后，到了高中二年级的夏天……

我在只有两名成员的文艺社里，勤奋地书写“文学少女”的点心。

第一章

食物绝对不能随便

远子学姐以纤细的手指撕下稿纸一角，放入口中，开心地笑了。

“好甜呀！”

接着，又一口……再一口……

她的指尖小心地撕开以 HB 自动铅笔在格子里填满文字的稿纸，送进口里，发出咔嚓咔嚓的小小声音咀嚼着，然后吞了下去。

“非常清新呢……甜甜的……”远子学姐歪着小巧的脸庞，喃喃地说着，嘴巴却突然瘪成“呃”字形，睁得浑圆的眼中浮现疑惑的神色，表情也越来越紧绷。她的额头渗着汗水，战战兢兢地把最后一小片纸张放到口中的瞬间，整个人从椅子上跳了起来。

“辣死人了啦！”

她甩着像黑猫尾巴一样细细长长的三股辫，流着眼泪攀在折椅的椅背上。

“辣死了——我的舌头都麻了，眼睛好像要喷火，鼻涕也快流出来了。这种故事太辣了啦，心叶！”她气愤地抱怨着。

我合起五十页稿纸的封面，把自动铅笔放回铅笔盒里，冷静地说：“你出的题目本来就很不对味啊，‘苹果园’和‘秋千’是还好，但是那个‘全自动洗衣机’，怎么样都搭不上边吧？”

以三个题目写成的故事，是远子学姐最喜欢的点心。

每天放学后，我只要走进社团活动室，远子学姐都已经拿着银色的秒表等在那里了。

“来吧，心叶，今天的题目是‘鲱鱼子意大利面’‘东京巨蛋’和‘处女座的少年’，要写出一个非常甜的故事哟！限时五十分钟。预备，开始！”远子学姐露出开朗的笑容，按下秒表。

然后就会把我写好的文章一小块一小块撕下来，送进口中细细咀嚼。

“嗯嗯……中间的味道比较淡。或许可以试着写短一点，把节奏加快一点可能会比较好。啊，最后一段味道很温和，很好吃呢，就好像芒果布丁。”还会像这样发表评论。

这个远子学姐，是比我高一年级的高三生，也是个会吃故事的妖怪。

就像我们喝水或吃面包一样，她津津有味地吃了写在纸上的文字或印刷的书本，也会一脸幸福地发表感想。

不过，如果当面说她是“妖怪”，她就会气鼓鼓地反驳：“我才不是妖怪！我是深爱着世上所有故事，喜爱到想要将它们吃下去的‘文学少女’啦！”

长到腰间的细长辫子、澄澈又富知性的黑色眼眸、白皙的肌肤、没有高低起伏的纤瘦身材——如果光从外表来说，远子学姐的确是个古早时代的淳朴文学少女，也像个跟堇花十分相称的高雅千金小姐。

不过她的内在却是个贪吃鬼，话很多，好奇心又十分旺盛，是个不管看到什么都想插一脚的麻烦学姐。

“呜呜……舌头还是麻麻的……我本来期待的是一个甜到渗入心扉，酸酸甜甜的故事。你竟然写了一个少年跳进全自动洗衣机，到达世界尽头的苹果园，每当他荡起秋千，就有长着人类五官的苹果发出悲鸣，落在地上的故事……呜……我还以为自己吃的是加入清爽鲜奶油的苹果派。吃得正高兴的时候，苹果的味道突然变成色泽鲜红的麻辣担担面，肉桂粉也变得像辣椒粉一样呛鼻啦！”

大概是人面苹果的刺激太强烈了，她还是眼眶含泪地吸着鼻涕。

“我都是照着远子学姐的题目写出来的啊！请不要再抱怨了。”

“心叶真是太冷淡了，虽然外表看起来像‘小公子’，其实内心就像‘莎拉公主’里面的名琪院长。（注2）”

“我哪里像她了？我又不是金发碧眼，也没有穿那种缀满荷叶边的衣服。”

“啊，我好想吃艾肯的短篇集来换个口味呢！好想吃《雨滴项链》啊！好想吃《包了一片天空的派》啊！好想吃《三个旅人》啊！好想吃，好想吃喔！（注3）”

远子学姐跪坐在折椅上，抱着椅背摇个不停，简直就像在百货公司玩具部门耍赖的幼儿园儿童。

我看得傻眼了，还一边问道：“你说的《三个旅人》，是收录在语文课本里那个吗？是说三个在沙漠里的车站工作的人，轮流放假出去旅行的故事吧?”

远子学姐一听,突然变得容光焕发,滔滔不绝地说起话来:“嗯,是啊!琼·艾肯是一九二四年在英国出生的儿童文学作家。《威利山庄的狼群》(注4)这个长篇系列很精彩哟!里面出现的小女孩们,就像母亲烤的姜饼一样香脆可口,很值得推荐。不过我更喜欢她的短篇故事!《三个旅人》就像新鲜的水果,好比金黄透亮的柳橙、清香宜人的香橼,或是珠宝般的麝香葡萄,感觉只要在口中嚼碎就会流出冰凉甜美的果汁呢!”她闭起眼睛,垂下长长的睫毛,从口中溢出了赞美的言语。每当远子学姐提到食物的时候,看起来真的很幸福。

这间社团活动室孤单地坐落于校舍三楼的西侧,因为原本是储藏室,所以墙边堆满一叠叠的旧书。在仅剩的空间里,还摆了一张表面已经变得斑驳的老旧榉木桌。

这间活动室只要到了黄昏,就会被夕阳染成一片蜂蜜色,而我就面对着这张摇摇晃晃的老旧桌子,拿着 HB 自动铅笔,埋首于稿纸的格子中。

在此期间,远子学姐会很不雅地屈膝坐在折椅上,带着幸福的表情翻着书页。她不时会向我这里偷看,确认一下点心的制作过程顺不顺利,然后又眉开眼笑地继续看她的书。

我在只有两位成员的文艺社里,已经帮远子学姐写了一年以上的点心了。

“唉,我越来越想吃艾肯的作品了……对了!”

已经陷入妄想的远子学姐,突然睁开眼睛,笑嘻嘻地前倾上身。

“说不定中庭的信箱已经送来了甜蜜蜜的信呢!”

远子学姐说的信箱是她在中庭非法设置的，上面写着“帮您成就爱情。需要的人请来信。By文艺社所有成员”这些字的麻烦东西。

远子学姐最喜欢的东西，就是亲手书写全世界仅有一个的故事，其中又以甜美的恋爱故事最吸引她。为了品尝这个滋味，她还会要求前来做恋爱咨询的人写下纯纯爱恋的报告作为酬劳。为了美食，她还真是不遗余力啊！

但是，如果把我也卷进去，那就敬谢不敏了。

“我绝对不要再帮人代写情书了。”虽然我一口拒绝，她还是一点都不放在心上。

“好好好。”她跳下折椅，心不在焉地回答，就兴致盎然地跑去看信箱了。

真是的……

独自留在活动室里的我无奈地叹息着。

微风从敞开的窗户吹进来，啪嗒啪嗒地翻动了榉木桌上的稿纸。今年的夏天比去年凉快舒适多了。因为活动室里并没有冷气，所以这非常值得庆幸。我现在只希望远子学姐别再随便揽上什么闲事，把我也拖下水，再过一次那种冷汗淋漓的夏天了。

我眺望着被风吹得鼓起的窗帘外的蓝天白云，一边思考这些事，远子学姐就垮着细瘦的肩膀回来了。

“好惹人厌的东西啊！你看，心叶！”她把焦黄的纸张丢在桌上，忿忿不平地说道。

远子学姐拿回来的，是从笔记本上撕下来的几张小纸片，形状歪歪扭扭，边缘也毛毛糙糙的，上面还有铅笔写的文字。

“憎恨”“救救我”“幽灵”“好恐怖”“好痛苦”“快消失”……

看到这些跃然于破碎纸片上的诡异文字，我也忍不住屏住呼吸，张大眼睛。

其中一些纸片上只写了数字。

“43　31”

“42　43　7　14　16　41　1　43　16　43”

“39　11　7　21　4711　37”

“14　41　475　3　24　21　43　2　11　3　16　43”

“这些数字到底是什么意思?”

我这么一问，远子学姐就皱起眉头，斩钉截铁地说:“4 就是死亡的死。所以‘43　31’一定就是‘死神(43)降临，杀到一个也不剩(31)’的意思。这是给我们的挑战书。”

我被她的铁口直断吓得呆住了，好一阵子之后才回过神来。

“请等一下，你的思考模式会不会跳得太远啦? 说什么挑战书的，未免也太夸张了吧! 说不定只是普通的恶作剧? 而且，给‘我们’又是什么意思? 拜托不要把我也扯进去啦!”

“你在说什么啊，心叶。就算只是普通的恶作剧，竟在我最珍贵的点心箱……不，在文艺社神圣的信箱里，丢入这种一点都不好吃的……不，卑鄙又无聊的东西，这种人绝对不能轻易放过。这可是跟文艺社的存亡息息相关的战争。就算我们社团只有两个人，也不能让人家给看扁了。一定要让别人知道我们是重质不重量的精英社团!”

“什么战争……难道你想要去讨伐人家?”

“嗯，就是啊! 既然决定要做，就得摇旗呐喊、擂鼓鸣金地盛大开战。”

惨了，她又开始暴走了。现在远子学姐脑中的妄想铁定是逐渐茁壮了。要说到妄想，这位“文学少女”的功力可是不输给任何人。

“期末考就快到了，我要先回家了。”我迅速收拾好随身物品，只想逃跑，远子学姐却用双手紧紧抓住我的手腕。

“不能走，今天我们要在中庭埋伏。这是学姐的命令，心叶。”

此时我的右手碰到远子学姐的胸部，在那种几乎令我感到同情的平坦曲线，让人怀疑“这真是高三女生的胸部吗？”的扁平身材的苦苦哀求下，我实在不忍心挥开她的手，这大概是我最大的败笔吧！

因此，期末考前宝贵的几天时间中，我都得跟远子学姐一起待在中庭埋伏。

后来……

“啊！又有信了！”

上午七点。因为昨晚下过雨，所以中庭草地都变得湿漉漉的。

远子学姐一边窥视着矗立在中庭一角的大树旁，半埋在草地里的妖怪信箱……不，恋爱咨询信箱的里面，一边大喊。

“可恶，亏我特地提早一个小时到学校，昨天也是撑到六点学校关门时才离开！”

“说不定是半夜丢进来的？”

十分惊人地，原先以为只是偶然出现的奇怪纸张，从这一日之后就天天报到。

内容几乎一模一样，频繁地出现了“憎恨”“别过来”“幽灵”等词汇，而且也都有意义不明的整串数字……

“‘14 41 475 3 24 21 43 2 11 3 16 43’，这串

数字好像经常出现，到底是什么意思啊？”

远子学姐挑起眉毛，一脸认真地回答：“这个啊，就是‘一石落下(14)死在一块儿(41)下地狱(475)杀(3)两个都得死(24)两人一起(21)死神(43)两个人(2)嘻嘻(11)杀(3)去啰(16)死神(43)’的意思啊！”

“我还真搞不懂……”

“你的理解能力还有待加强啦，心叶。简单来说，就是‘从上面砸下大石头，让你们两人一块儿去见阎王。死神要去啰，嘻嘻！’的意思啦！”

“我越听越模糊……话说回来，这到底是怎么解读出来的啊？”

“怎么，你不相信学姐吗？我可是‘文学少女’哟！不管是阿加莎·克里斯蒂、埃勒里·奎因，还是赤川次郎(注5)的推理小说，我都读得滚瓜烂熟呢！”

赤川次郎应该不是本格派推理小说家吧……不，现在就先别管这一点了。

“那么，你就慢慢推理出犯人的身份吧！下周就是期末考了，我想要待在家里好好用功。”

“心叶，在学生时代应该有比背诵方程式或化学记号更重要的事吧？”

“别再诡辩了。”

一大清早就用小混混般的姿势蹲在中庭的我们，对话内容逐渐朝荒谬的方向演变下去。

“不要，我死都不要！”

午休时间，我拉着拼命抵抗的远子学姐造访了校内的音乐厅。

拥有足以容纳上千人的大厅和几间小教室的这座豪华建筑物，是管弦乐社的地盘。管弦乐社的社员很多，也有实际表演的成绩，跟我们那个只能待在仓库般的小教室里做些细碎活动的文艺社比起来，有如高级松阪牛肉与关东煮的天壤之别。

这个管弦乐社的社长，同时也担任指挥的姬仓麻贵，听了我们说的事之后，就愉快地露出微笑说："呵，竟然有这种事？所以你们才会每天早上和放学后都鬼鬼祟祟地躲在中庭啊？真是辛苦你们了。"

明亮的夏日阳光，从半球形屋顶的天窗洒落下来，让房间看起来像教会的礼拜堂。墙壁上贴了几张素描和水彩画，房间中央还摆了一张搁在架上的画布。

麻贵学姐翘着腿坐在椅子上，手上握着画笔。她那有如雕像一般立体有形的五官、像是阳光下的金色波浪一样亮丽的长发，还有跟远子学姐截然不同、凹凸有致的丰满身材，全都展现出日本人少有的魄力。事实上，听说她的母亲好像是外国人，所以她应该真的是混血儿吧！

她经常说自己其实想加入美术社，在休息时间和放学后，也一直独自待在音乐厅的画室里面作画。拥有这般特殊待遇的她，因为是学园理事长的孙女，所以也是拥有各种关系和管道的包打听。

"一开始便来找我就好了嘛，我一定会立刻帮你调查出来。你也太见外了，远子。"

远子学姐被她以戏谑的眼神盯着，愤恨不平地咬紧嘴唇。

我抢在远子学姐说话之前，先装出温驯乖巧的模样，礼貌地对她微笑说道："不愧是麻贵学姐，真是太可靠了！"

远子学姐不满地盯着我瞧，脸上清楚写着"难道我就不可靠吗?”

麻贵学姐的口气倒是变得更和善了:“哎呀,毕竟我有不少亲戚都是校友,情报来源铁定少不了。”

“既然如此,那就请尽快……”

我的话都还没说完,麻贵学姐就暧昧地说:“但是,叫我帮你们调查来信的犯人是有条件的。你应该很清楚吧? 远子?”

听到这句话,远子学姐从脸颊到耳根都红了,她甩着长长的辫子大叫:“你又要叫我当裸体模特儿了,对吧? 我才不要呢!”

麻贵学姐……看来好像还没放弃。

算了,毕竟她说过一入学就注意到远子学姐了。但是,与其画远子学姐那种平板的胸部,我觉得她看着镜子画自己的裸体还更有意义……或许人都会羡慕自己没有的东西吧?

远子学姐握紧拳头,露出一脸的愤慨:“讨厌,我就说不要来找麻贵嘛! 你看她简直就像在宴会上喝得醉醺醺的色鬼上司,一直叫人家脱啊脱的。我跟麻贵截然不同,我可是纯洁柔弱的文学少女,是含蓄矜持的大和抚子(注 6)哟! 即使都是女生,也不会在人家面前随随便便脱光!”

大和抚子会屈膝坐在椅子上,或是跨坐在椅子上摇晃椅背,或是在别人面前咔嗞咔嗞地吃着书吗?

“哎呀,是这样吗? 那我就没办法帮忙啰,真可惜。”

麻贵学姐无情地回绝了。我笨拙地请求说:“嗯……能不能请你帮帮忙……”

“心叶,不需要这么低声下气! 可靠又迷人的学姐就在你身边啊!”

远子学姐说着“我们走吧”,就拉着我的手准备离开。

啊，又要继续埋伏下去吗？下周就是期末考了耶……

“抱歉打扰了。”

远子学姐走到门口，鼓起脸颊说完后，麻贵学姐就露出邪恶的笑容说：“嘿，送来谜样纸张的犯人，说不定是真正的幽灵哟？我听校友说过，夜晚会有幽灵在校园里徘徊，并且到处写下数字哟！”

“绝对不能相信她的信口胡诌，心叶。世上才没有幽灵这种东西呢！”

放学后——其实已是晚上，满天闪烁着星光。

“好好好。我们也该回家了吧，远子学姐？已经超过九点了耶！”

“不要，在等到犯人出现之前，今天一步都不能离开。”远子学姐躲在校舍屋檐下的洗手台后面，一边盯着信箱，一边强硬地说道，“我们一定要抓到犯人，向麻贵证明这个世界上没有幽灵。”

麻贵学姐说过，十年前好像曾有幽灵在生物教室的墙壁和地球科学教室的桌上写了数字。

“不过那些字是用油性笔写的，所以早就被擦掉，已经看不到了。不过这可是我们学校代代相传的有名怪谈，你没听校友说过吗？啊，抱歉，我忘记你们文艺社没有校友。”

或许是麻贵学姐的这番话刺伤了远子学姐的自尊心吧！所以她一走出音乐厅，就宣布说：“心叶！今天我们要通宵埋伏哟！”

看她那种果断的气魄，恐怕真的会叫我待到天亮吧！

“既然有吃故事的妖怪，就算有幽灵也不奇怪吧？我们就把这件事当作幽灵做的，别再继续追查下去好吗？”我一心想要回家，不耐烦地说道。远子学姐恶狠狠地瞪着我。

“我才不是妖怪！我只是个会吃书本的普通‘文学少女’啦！就算我退让一百步，承认自己是妖怪，我也不想被拿来跟幽灵相提并论！拿做梦或幽灵这种理由当作结论实在是太肤浅了，根本就是旁门左道。我才不承认有幽灵呢！”

难道远子学姐跟幽灵有什么过节吗？不过，以前她倒是力劝过我“如果遇见幽灵只要撒盐就是了”。

但是，再这样下去，好像更不可能回家了。唉，我的考试……

妈妈还以为我是去同学家读书。因为我放学后打扫完教室，就用校内的公用电话打回家说明：“我要去同学家进行考前冲刺。什么？是谁……是个叫芥川的人啦！所以我会晚点回家……”

“心叶已经有这么亲密的朋友了啊？真是太好了！”妈妈还很高兴地说。

自从升上高中后，我都没有交过什么朋友，因此她大概一直都很担心吧！一想到这里，我的胸口就内疚得发疼。而且我还骗母亲说要读书，其实却是跟这个妖怪学姐在一起玩侦探游戏。

妈妈，对不起。我心想，多少也该看点书吧，就打开数学的问题集，靠着月光和路灯的光线开始解起题目。

“心叶还蛮认真的嘛！”

“远子学姐自己不也要考试？”

“我在上课的时候都很专心听讲，所以用不着担心。”她得意洋洋地说完，就把小巧的脸凑了过来，一起看我的问题集。

她长长的辫子披在细瘦的肩上，紫罗兰的香味朝我迎面扑来。

“如果有不懂的地方，学姐可以教你哟！”她以闪闪发亮的眼睛仰望我，还用大姐姐般的口气毛遂自荐。可是，她一看完问题集里的算式，声音就突然变得滞塞。

“……哎呀，心叶做的都是这么困难的题目啊？难不成你读的是特别升学班？你想要瞒着我偷偷去考东大(注 7)吗？”

“我们的学校才没有那种班级。而且，这些明明就是基本题目，远子学姐去年也学过吧？”

“是、是这样吗？我对数字和机械的敏感度一向很差……”远子学姐眼神游移不定，一副踌躇不安的样子。

“对了，远子学姐吃不吃数字呢？”我突然想到这个问题，就试着问问看。

“也不是不能吃啦……不过我一看见文字就觉得心领神会，所以才会想吃。数字就只是数字吧？如果看不出什么意义，就算吃下去了，也像在吃没煮过的通心面一样味如嚼蜡吧！”

是这样啊！

远子学姐曾经说过，如果叫她吃我们吃的面包或饭团，也吃不出任何味道。或许是一样的情形吧！

“英文字母也一样吗？”

“嗯，如果不知道单词的意义，就像是在吃有 ABC 形状的干燥通心面吧！”远子学姐有点悲伤地喃喃说完后，嘴唇就像盛开的紫罗兰一样，绽放出小小的微笑。

“但是，如果是外国的作品，还是会想读一读原文吧？明明是感动人心的美好故事，却只看得懂字母，的确让人有点难过。所以我一定要再努力加强英文，然后，也要好好学习法文、意大利文、德文或是中文。一边翻字典一边慢慢阅读虽然很累，但是把每个字视如珍宝，找寻它的意义，发现它所隐含的光辉，真的会让人忍不住兴奋起来。像这样努力挖掘出来的文字，是会令人回味无穷的极致美味哟！”她以柔和的声音娓娓道来。

洁白的月光照亮了远子学姐白皙的脸庞。此时的她带有一种神秘感，好像比平时增添了三成美丽，让我不禁觉得偶尔放纵她的任性也无所谓。

“数学题也一样，努力到最后而解开答案时，也会有特别的味道。”

“呃，这个嘛……我想，应该不会吧……”看到她红着脸嗫嚅的模样，我终于忍不住笑了出来。

“什么嘛，心叶也会有比较弱的科目吧？”

“是啊，我有时也对汉文很头痛呢！”

“这就是我的拿手领域。交给我吧，我会好好教导你的！好啦好啦，快点把课本拿出来吧！考试范围是哪里啊？”

远子学姐正高兴地摇着我的手时……

铃声突然响了起来。

“呀！”

远子学姐吓得尖叫，我也吓得抬头四处张望。

离校时间已经过了，应该不会有铃声，但是此时钟声却响起。

我看看手表，已经将近十点钟了。

“还不到三更半夜，这幽灵起得还真早。”

“你在说什么啊，心叶！呀啊！”远子学姐再度惊叫。

校舍的窗户玻璃突然一起亮了起来，然后开始闪烁。

而且，好像有人在打拍子，传来“啪！啪！”的声响，最后我甚至听见其中混杂着女性啜泣的声音。

“……打开……让我进去……”听到这个凄凉的声音，我全身的寒毛都竖起来了。

我浑身起了鸡皮疙瘩，感觉也变得很敏锐，四肢和脖子都僵硬了，全身涌起一股寒意，因此空气反而显得暖和又沉重。

“犯人果真是幽灵，远子学姐？”

“才、才不是，不可能，那只是错觉！那个灯光，一定是因为日光灯太老旧了，刚打开日光灯的时候，不也是会闪烁一阵子吗？”

“日光灯只要一亮起来就不会再闪了啊！”

让人眼花缭乱的明灭灯光，还有刺耳的拍击声都还持续着。尤其是那比什么都恐怖的啜泣声，简直把我们拉入了恐惧的深渊。

“世、世上才、才没有什么幽灵呢，才、才没有！”远子学姐的嘴唇不停颤抖，反复念着，她的手也紧紧抓住我的衬衫。

“没错，才没有什么幽灵……”此时，中庭突然浮现一个人影。

远子学姐屏住呼吸。

那个人是？

出现在黑暗中的少女，手上拿着黑色书包，身穿制服。但是，那套制服跟远子学姐身上这套不一样，并非下摆较短的现代风格水手服和百褶裙。那是更朴素的一件式水手服……没错，我在校内挂的老旧照片里看过。那是改制之前的旧制服！而且现在明明是夏天，她穿的却是冬季制服！

那个女生像是腾云驾雾般，踩着轻飘飘的步伐，走到信箱前蹲了下去。然后，她就从书包里拿出笔记本和文具，在纸上写了一些东西后，就撕下来丢进信箱里。

不知何时，明灭的灯光已经消失，也听不见拍击声了。周围又恢复寂静，连风声都听不到了。

但是，她还待在原处。在银色月光的照耀下，她默默地继续在笔记本上写字，然后把纸张撕成一小块一小块。因为那幅光景实在是太诡异了，令我忍不住目不转睛。

她的手臂细得不可思议，简直就像没有血肉的假人模型。不，不只是手臂，那细细的腰、纤瘦的肩膀、娇小的身材、颜色浅到有点透明的栗色头发，再加上黑暗中特别显眼的病态惨白肤色……她全身上下都瘦弱不堪，像是无机物一样白皙得泛青，怎么看都不像活生生的人类！

我艰涩地吞咽口水，觉得喉咙好干，手心也被汗水濡湿了。

那个女孩到底在那里干什么？把纸张放进信箱的就是她吗？

“呜……世上才没有什么幽灵……”

突然间，依然紧抓着我的衬衫不放的远子学姐，就往那女生的方向走去，把我吓得魂不附体。

“干嘛拉我一起去啊！”

“你也是文艺社的一员吧？心叶，你去问问那个女生到底在干什么。”

“为什么是我啊！”

“这是学姐的命令。”

就在此时，那个女生转过头来了。远子学姐吓得停住脚步，我也惊愕得倒吸了一口气。

那女孩的脸就像洋娃娃一样美丽，但皮肤却像鬼火一样惨白，表情也像人偶一般空洞，完全看不出任何感情……

“你、你到底是谁？你在这里做什么？”

那仅是一瞬间的事，她恍惚的眼神突然恢复了生气。她的脸颊闪耀着玫瑰色的光辉，嘴角也浮现出骄傲到有些失礼的笑容，让我看得讶异不已。

这女孩是怎么回事啊！

她以甜美可爱的声音自豪地回答："我叫九条夏夜乃，要在哪里做什么事是我的自由。我只是在自己喜欢的时间，做自己喜欢的事情罢了。"

我还在为她的变化感到错愕，远子学姐就拉着我的衬衫往前走一步。"我是文艺社的社长天野远子。每晚在我们的信箱里放入奇怪纸张的人就是你吗？"

"是啊！我是在写信啊！如果待在屋子里，弘庸叔父就会一直监视我，抱怨东抱怨西的，真是烦死人了。"

"写信？写给我们吗？还是写给别人？"

女孩被这么一问，就不高兴地别开脸说："我才不要告诉你们呢！我要回去了。被你们这么一打扰，我都没心情继续写了。"

她收起笔记本和文具，盖上书包，站起身来拍拍裙子上的草屑，转身就要离开。

搞什么啊？真的就这样走了……

"等一下！这些数字是什么意思？"

远子学姐慌忙地从口袋中掏出纸片，拿给那个女孩看。

女孩转过头，恶作剧似的眯起眼睛说："这是我跟那个人的秘密。"

那妩媚的目光直直地刺进我的胸膛，我全身都震动起来。这个女孩的年纪看起来应该跟我们差不多，为什么会有如此成熟妖娆的眼神？

简直像是从遥远的过去一直活到现在的不死人……

"等一下！"远子学姐拉住了那个女孩的手。

这一瞬间，远子学姐好像被什么给吓呆了。

"！"远子学姐漆黑的眼睛惊愕地睁得浑圆，但她还是硬着头皮继续问："那、那个……如果你是因为有什么烦恼，所以才做这种事，可以跟我们谈一谈啊……"

"呵呵呵，呵呵，嘻嘻……"女孩出人意料地笑了。那轻柔的笑声显得执拗而病态，就连远子学姐也感到害怕，她放松了原先紧抓着对方的手。

女孩迅速地把手抽开，嘴角可爱地上扬，说道："呵，说了也没用啊！因为，我已经死了。"

一阵恶寒爬上我的背脊。远子学姐也睁大眼睛，愕然失语。

女孩一边笑着，一边往校门跑去。她披肩的栗色长发轻柔地摇曳，裙摆也飘逸地舞动，白皙的小腿反映着皎洁的月光。我们就这样默默地目送她的离去。

直到她那游丝般摇晃不停的纤细轮廓慢慢地融入黑暗，远子学姐才软绵绵地瘫在地上。

"远子学姐！"我焦急地查看她的情况。她还是抓着我的衬衫，声音颤抖地说着："那……那个女生……手臂好细……就像超过一百岁的老婆婆的手臂一样又细又硬……几乎是皮包骨……"

"她是幽灵吧？"

"这个世界上才没有……"远子学姐想要站起来，却又再度瘫了下去。她蹙起八字眉，用可怜兮兮的表情仰望我，哭诉着，"怎么办，心叶？我站不起来了……"

第二章

那是谁啊?

她死了……

他回国后知道这件事,不禁愕然。

怎么了? 她为什么不在了?

他对她的复仇之心日益增加,就是为了把背叛他的她拖进地狱作为惩罚,他才会回到这里。

但是,她死了? 身为他灵魂一半的她竟然死了?

他的世界粉碎了,魂魄坠入汹涌的海洋,坠入无边的黑暗波涛中。

他握起拳头,几度自残地捶打墙壁,像野兽一样痛哭了。

◇　◇　◇

"呃……那个……我是怕你误会才特别提一下,我可不是因为害怕幽灵所以脚软站不起来哟！只是因为我腰痛的老毛病又犯了。”

在遇到幽灵的一个小时后的中庭……

我们紧贴着身体，走向深夜的住宅区。并不是像情侣那样甜蜜地送对方回家，而是因为远子学姐已经吓得脚软，没办法自行走路，我才不得已陪她一起走。

“这真的是腰痛，绝对不是因为幽灵哟！只是我从小就有的腰痛宿疾突然发作而已喔！”她紧紧攀住我的手臂，脚步踉跄地走着，一边还面红耳赤地不停说着。

更令人无言的是，远子学姐在这种状态下还敢说出“我们偷偷跟着幽灵去看看吧”，硬是勉强站了起来，结果跌了好大一跤，一脸撞在草地上，所以她的鼻头到现在还是红的。

“……我还是第一次听说你有这种病呢！”

我左肩挂着自己的书包，左手提着远子学姐的书包，右肩和右手还要支撑着远子学姐，所以光是呼吸也累得气喘吁吁。远子学姐低着头，似乎也稍作反省了，“对不起，我真是个没用的学姐。”

我是不是对她太冷漠了……不，如果太宠她，她一定会得意忘形。

“如果你有这种自觉，以后就别再做出这种鲁莽的行为了。就算是洗衣板，再怎么说也还是个女孩子……痛！”远子学姐表情迥变，突然用力捏了我的脸。

“太过分了，这可是性骚扰哟！你对学姐太不尊敬了。”

她用大拇指和食指夹着我的脸颊拉扯。

“好痛好痛……远子学姐才过分，老是这样麻烦学弟。”

“我可以自己走了，送到这里就好。”

“你明明就还走不稳。”

“不用担心，走过那个转角后再一二分钟就到了。”

正当她鼓着脸颊，把脸转开的时候。

“太过分了！”

近处突然传来女孩的尖叫。

“我到底算是流人的什么人？”

“就是嘛，我跟这个女人你到底要选哪一个，明确地给个回答吧！”

“喂，你是什么意思啊，不要忽略我的存在！”

转角附近，好像有些人在争吵。我跟远子学姐一起偷看，就发现路灯下有三个女孩围着一个男孩吵闹不休。

女孩们都很激动，互相叫骂着“要跟流人交往的人是我！”“你少来搅局了！”“你自己才是呢！”之类的话。看来似乎是那个男孩脚踏三条船吧！但是身为元凶的他却毫无制止女孩们争吵的意思，只是悠闲地站在一边，面露笑容地袖手旁观。他长得又高又壮，好像对运动很拿手，发型和服装样式也很随性，浑身上下散发着很受女生欢迎的气质。他是个大学生吗？

“我说啊，你们能不能换个地方？在我家旁边吵架会让我很伤脑筋的。”

男孩正在这么说的时候……

我突然感到一阵寒意，背后突然僵硬起来。我转头朝旁边一看，发现远子学姐不知为何咬牙切齿，全身散发出杀气。

咦？咦？远子学姐干嘛这么生气啊？

远子学姐莫名其妙地发起脾气，然后就从我手上抢走她的书包，气冲冲地走了过去。

她的腰没事了吗？脚也能走了吗？那些小事都已在她的盛怒之下烟消云散，远子学姐眼中燃烧着怒火，笔直地朝那些争执中的女孩们走去。

然后她突然举起书包大喊："喂！流人！"

"哇，远子姐！"男孩吓得睁大眼睛，远子学姐对准他的头砸下！

啪的一声，书包狠狠地打在男孩脸上，围在旁边的女孩们都吓呆了，我也愕然地呆立原地。

"你这孩子到底是怎么回事！我已经说过那么多次了，不要在我们家附近闹啊！被邻居看到就太丢脸了。结果你竟然还一劈三！你就那么喜欢拈花惹草吗？你到底有没有诚意啊？"她一边骂着，一边用双手不断捶打跌坐在地上的男孩的头。

那些女孩都被远子学姐的举动吓得愣住了。我急忙跑过去，拉住远子学姐安抚她。"请快点住手，虽然我不太清楚发生了什么事，不过使用暴力是不好的。总之你就先冷静下来吧，不然又会腰痛喔！"

"心叶你闭嘴！"远子学姐挥开我的手，转头看着那些女孩凛然说道，"你们也是，与其在这里为了一个三劈的男人吵架，不如去读夏目漱石全集还比较有意义。首先就从短篇集的《梦十夜》开始吧！那种如梦似幻的优美故事，就像充分成熟的葡萄酒一样美味。让香气和热度顺着喉咙落在心里，为那诗歌般的文章感动吧！你们一定会因身为日本人而感到庆幸！这个读完之后，再接着看他早期的三部作品（注 8）吧，还有更深刻的感动等在后头呢！"

远子学姐煞有介事地跟那些发愣的女孩们说完后，就揪起男孩的耳朵，"好了，给我回去吧，流人。"

"痛痛痛，好痛耶，远子姐！"

就这样，远子学姐揪着比自己高出许多的男孩，悠悠地走在月光照耀的街道上。

"刚……刚才那是怎么回事？"

"不、不知道耶？早期三部作品是什么？"

"更重要的是，那个女人是流人的什么人啊！"

我茫然地站在那群继续吵闹的女孩们身旁。

那个男孩，是远子学姐的什么人啊？

隔天早上。

我在一样的时间出门，在上学途中就看到电线杆后面露出了像猫尾巴一样的辫子。

"……还真巧啊！"拿着文库本的远子学姐红着脸、缩着脖子，神情尴尬地走了出来，"早安，心叶。"

看来她是刻意在这里等我吧！她面红耳赤地低下头。

"昨天真是抱歉。心叶好心送我回家，可是我在气头上，就丢着心叶不管走掉了……真是对不起。"

远子学姐好像真的很愧疚吧？看她躲在那本中岛敦的《山月记》后面窥视我的表情，似乎很担心我会生气。看到远子学姐专程跑来道歉，我确实感到比较舒服了，不过还是有些事让我挺在意的。

"那个叫流人的是什么人啊？看你们好像很亲密的样子。"

远子学姐有点不情愿地回答："流人是我寄宿家庭的儿子，对我来说就像弟弟一样。"

"寄宿？你的父母都待在妖怪的国度吗？"

才一说完，我就挨了她的打。

“讨厌，不要说什么妖怪啦!”

之后远子学姐还是鼓着脸颊，继续抱怨“说人家是妖怪，会伤害少女脆弱的心灵”“为什么你就是这么不体贴”之类的话。她的双亲也是妖怪吗？他们是跑到哪里去做什么了，才会把女儿丢在别人家里？远子学姐寄宿的家庭，到底知不知道她会吃书？虽然我超想问，不过看情况是开不了口了。

我放弃这个念头，说着“要迟到了”，就先迈出步伐。

“啊，等一下啦!”远子学姐也急忙追了上来。

“……结果昨天那些灵异现象到底是什么情形啊？那个女生怪怪的。”

我们一起走在上学途中，我一问这个问题，远子学姐就双手环抱，瘪着嘴说:“她一定有什么阴谋，所以我们绝对要阻止她。”

“什么！你还想继续调查下去啊?”

“当然。”她对着呆住的我断然说道。

“那就晚点见啰，心叶。”远子学姐在校舍入口处随便挥挥手，就往三年级的鞋柜走去。

她完全没有反省嘛!

因为这件事，我从一大早就觉得全身虚脱。走进教室后，班上的芥川立刻对我说了句“早安”。

“喔，早啊，芥川。”我也跟他打了招呼。最近在教室里，我跟芥川经常会在一起。高大而沉默寡言的他，不只外表成熟，内心也很稳重，既不会说些多余的话惹人心烦，也很少流露感情，精神就像笔直的大树一样安定，跟这样的他相处起来让人觉得很轻松。虽然不是特别亲密的交情，不过对现在的我而言，还是保持适度的距离比较舒服。

“数学功课做完了吗？要不要对一下答案？”

“喔，好啊！”我们就像这样，各自摊开自己的笔记本，有一句没一句地闲聊。此时芥川轻轻点了我的手腕，然后指指后面。

我一转头，就看到班上的琴吹同学正斜眼瞪着我。

又来了。琴吹同学似乎对我有敌意，老是这样瞪我。其实我也听过她跟其他女同学说她讨厌我，说我总是露出虚伪的笑容，心里却不知道在想些什么，让人觉得很恶心。

但是，就算她看我不顺眼，有必要说得这么难听吗？难道我在不知不觉中得罪了琴吹同学吗？

芥川用眼神示意着“看完了”，就很自然地离开了。

琴吹同学似乎很迷惘地踏了一步又缩回去，一边还玩弄着涂了透明指甲油的指尖，不过她一发现我在看她，就红着脸朝我走近。

“有什么事吗？琴吹同学。”被我一问，她就不愉快地撅起嘴唇。

“我又没有要找你。”她用很不客气的语气回答。

琴吹同学有一头染成茶色的美丽头发，纤细的脚，还有丰满的胸部，所以大受班上男生的好评。就算她嘴上不饶人，男生们好像也都把这点解释成“傲娇”(注 9)。不过我从来没看过琴吹同学“娇”的那一面。难道琴吹同学一旦站在喜欢的男生面前，就会露出娇羞的笑容？唔……实在无法想象。

“如果你没事，我就要开始预习数学了。”

“装什么优等生，真让人讨厌。”

“……琴吹同学，你是专程来规劝我的吗？”

“才、才不是！胡说什么嘛，我何必特地跑来规劝你……我……我只是……”琴吹同学转移了目光，态度变得柔和一点，欲言又止地说，“你今天是跟天野学姐一起上学吧？”

“啊？”

“少装傻了，你们是一起来学校的吧？”她上身前倾，紧盯着我。

“我并没有打算装傻啊……你还真是清楚呢，琴吹同学。”

“只是碰巧看到罢了，我可不是一直在注意井上同学来了没。只是看到你们两个走在一起，很自然地想着你们是不是约好一起来上学……才不是故意在等你还是怎样，你高兴做什么都跟我无关，只是因为天野学姐曾经帮了图书委员不少忙，是我很尊敬的人。”

我有点吓到了。

“咦！你是尊敬我们那位社长哪一点啊？”

远子学姐有什么地方值得学弟学妹尊敬的吗？

琴吹同学红着脸回答：“她读过很多书，而且图书馆什么书放在哪里她都知道，长得很漂亮却一点都不骄傲，又很亲切。”

唔……

“你那种不认同的表情是什么意思？难道我不能尊敬天野学姐吗？”

“哈哈哈……也没什么不好的啦！”

不知道事实也是一种幸福吧！难得琴吹同学这么尊敬她，还是不要破坏她的形象比较好。

琴吹同学丝毫不理会我的客套，气鼓鼓地把头转向一旁，“总之，我只是看到天野学姐跟井上这种人一起上学，才有点在意罢了。”

“我们只是在路上巧遇，才一起上学的啦！”

其实才不是“巧遇”，不过若是详细说明就麻烦了，所以我才会这样蒙混过去。

琴吹同学斜睨了我一眼，“喔……既然如此，那就算了。”然后她就转身走回自己的位置去了。

难道说，琴吹同学之所以会敌视我，就是因为看到我跟远子学姐太亲密，所以吃醋吗？

午休时间，我正在吃妈妈亲手做的便当，远子学姐就突然出现了。

“喂，心叶。”她在教室后门呼唤我，面带笑容地朝我招手。

“怎么了？”

跟朋友坐在一起吃饭的琴吹同学，手上拿着吃到一半的菠萝面包，不悦地瞪着我看。我在她锐利视线的关注下走出教室，远子学姐就神采飞扬地拉住我的手，“我找到昨天那个女孩了，心叶！”

“咦？”

“那个女孩不是幽灵。快来，快来，心叶！”

我在走廊上被她拉着跑。

“昨天那个女孩……是说那个叫九条夏夜乃的女孩吗？你能不能先放开我啊，有够丢脸的。”

“好好好。”远子学姐嘻嘻笑着，松开了手，“对了，我是在午休去上厕所的时候看到她的，后来我就偷偷跟踪她。”

“如果有人只听见这句话，一定会以为你是变态。”

我们来到二年级的教室。圣条学园的学生很多，所以虽然一样是二年级，这里跟我的教室却隔得很远。

“你看，就是她。”

我跟远子学姐一起在教室后门偷看。在午休时间拥挤嘈杂的教室里，有个半长发的女生坐在最中间。其他女生都跟比较好的朋友并起桌子，很愉快地一边聊天一边吃饭，只有她没有把便当放在桌上，也没有在读书或写字。她低垂着脸，像是青白色玻璃制成的身体一动也不动，就连眼睛都没有眨一下。她的侧脸和纤细得很不健康的手脚，都跟我们昨晚在中庭看到的女孩一模一样。

“嘿，是她没错吧？”

“可是她的气质跟昨天完全不同。昨天的她感觉比较盛气凌人不是吗？”

“或许是昨天玩了一晚，睡眠不足，所以才在发呆吧！”

“是这样吗？”

周遭都没有人注意到她。那个女孩一脸空洞的表情站起来，从教室前门走出去了。

“她是不是发现我们了？”

“我不觉得啦！”

“我们跟过去看看吧，心叶。”

“等一下啦，远子学姐！”

又来了，真是麻烦……我无可奈何地和远子学姐一起跟上去。

那个女孩轻飘飘地经过走廊，然后踏上往下的楼梯。裙子底下的小腿，就像支撑着白色花朵的细茎一样，仿佛用手轻轻一扭就会折断了。

“她要去哪里啊？”

“会不会是去福利社买面包？”

“福利社是反方向吧！”

当她走到楼梯的一半，远子学姐对她叫道“喂，等一下”的时候……正要走完剩下一半楼梯的她突然身体一倾，接着就倒下去了。

我们慌张地跑下楼梯，在她的身边蹲下。她整个人蜷成一团，双眼紧闭，全身都变得软弱无力的样子。她的肌肤在近处看起来更加苍白透明，从制服的领口中还能看见因为瘦弱而突出的锁骨。

“喂，你怎么了？振作一点啊！”不管远子学姐怎么拼命叫她，她还是没有反应，就像断了线的傀儡一样横卧不动。

“心叶，你抬那一边，我们一起把她送到保健室吧！小心点喔！”

“好。”

我和远子学姐一起撑着她的两臂，把她扶起来。拉起她手臂的时候，那种轻得几乎没有重量的感觉让我大感意外，简直就像保丽龙一样轻。

昨晚我扶着远子学姐回家时，就在想幸好学姐很瘦，扶起来没那么吃力，不过这个女孩根本已经不能形容为纤瘦或娇弱了，而是好像体内少了什么东西，肉体的存在感薄弱到让人害怕。

我们把她扶进一楼的保健室里，保健室老师就叫着“哎呀，又来了”。

“真是的，我已经跟她说过多少次要好好吃饭了，她还是这样没完没了地节食。”老师一边说着，一边让女孩躺在床上。

女孩睁开眼睛，老师就横眉竖目地开始说教：“雨宫同学，这已经是你第四次因为贫血被送到保健室来了哟！我不是给过你菜单，指导你正常的饮食习惯吗？可是你看你，手脚都变得越来越细。你的体重已经比平均值轻太多了，根本没有必要再减一克了。就算只是多吃一点点也好，不努力是不行的哟！”

被称为雨宫同学的女孩从床上爬起来坐着，低头默默不语。

“你明白了吗，雨宫同学？”

“……是的，非常抱歉。”她那瑟缩着纤细肢体、小声说话的模样，看起来就像草食性的小动物一样柔弱。

“我给你一些营养剂，你带回去吃吧！”

老师走到隔壁房间去了。雨宫同学从床上爬下来，把孩童般的小脚套进了白色的室内鞋。然后，她转头面对我们，静静地鞠躬，“谢谢你们送我来保健室。给你们添了这么多麻烦，真是不好意思。”

她那虚幻得好像随时会消失的模样，让我不禁怀疑她跟昨天那个女孩真是同一个人吗？远子学姐好像也很困惑。

“那个，雨宫同学？我是三年级的天野远子，这位是二年级的井上心叶。我们昨晚是不是在中庭见过面？”

她这样一问，雨宫同学就一脸恍惚地回答：“没有啊！”

“可是，我们昨天的确跟一位长得跟你很像的女生说过话……那个女孩说自己叫九条夏夜乃。”

雨宫同学听了似乎为之一震。

“你想起来了吗？”远子学姐探出身体问道。

雨宫同学脸色发青，嘴唇颤抖，却一直没有开口回答。

老师拿着营养剂回来了，“这个给你，一定要乖乖地吃。还有，三餐也要正常一点。”

雨宫同学用骨瘦如柴的小手接过药，就准备走出保健室。

“等一下，我们看见的那个女生真的不是你吗？”

雨宫同学细瘦的肩膀还在颤抖，她低着头小声地说：“我想……那一定是我的幽灵吧！”

远子学姐倒抽了一口气，我也感觉室温仿佛在瞬间降到了冰点。

——因为，我已经死了。

昨天夏夜乃说的这句话，仍在我的脑海深处回荡着。

所以雨宫同学和夏夜乃其实是同一个人，而夏夜乃只是附身在雨宫同学身上的幽灵吗？丢进我们信箱的纸张里也写着“幽灵”一词。另外，还有“憎恨”和“好痛苦”之类的词……

那些谜样的数字，也是附身在雨宫同学身上的幽灵写的吗？

雨宫同学没有再说什么，只是悲伤地咬着嘴唇，低垂着头，就这样走出保健室。

◇　◇　◇

他拿着鹤嘴锄，往她长眠的墓穴挖下去。

蓝色的闪电，在黑暗中照亮了他汗流浃背的身影，雨水像子弹一样激烈地敲击着他的皮肤。他的头发被狂风吹乱了，眼睛充满血丝，疯狂地大叫。

夏夜乃，夏夜乃，回来啊！

为了再见你一面，我一定会让时光倒流！一定会让死者再度复活！

墓地上插了无数的十字架。但是，他渴求的灵魂就只有一个。

雨水和汗水从他的发梢和脸颊滴落，他睁着有如恶鬼附身的

饥渴眼睛，持续挖掘着坟墓。

没错，还没有结束。她背叛了他，践踏了那个美丽生活的沙盘模型，把一切破坏得体无完肤，残酷地嘲笑了他的理想。但是，他却无法复仇了。灵魂的一半被打击得粉碎的绝望与憎恨，是多么沉痛的感觉，她也无法得知了。

我绝对不能容许你丢下我而死！

在他复仇完毕之前，绝不能让她安稳地长眠。

给我醒过来，夏夜乃！

你的半身在坟墓上呼唤着你啊！打开棺材，从阴暗的地底爬出来吧！

你要献上你的身体、声音、头发、嘴唇、灵魂，还有其他的一切，作为对我的补偿啊！

◇　◇　◇

“喔，是雨宫萤啊！”

放学后，特地跑来中庭探望我们（其实是故意来问“幽灵出现了吗？”，故意调侃远子学姐）的麻贵学姐，听远子学姐说完从昨晚到今天所发生的一连串事件后，好像很开心地笑着说：“对了，对了，那一定是超自然现象，远子。”

“什么意思？”

还在埋伏的远子学姐，眼中明显露出“赶快滚吧”的神色，仰望着麻贵学姐。而我就在远子学姐身边，一面想着“下周就要举行期末考了耶……”一面打开了物理课本。

“麻贵认识雨宫同学吗?”

“雨宫萤在初中的时候,是我美术社的学妹。因为她平常很温和乖巧,所以很少有机会说上话,不过我倒是听过她的传闻。”

“又是传闻?”远子学姐皱起眉头。

“你不知道啊?听说接近她的人,都会遭到诅咒喔!”

“诅……诅咒!”远子学姐愣住了,我也猛然抬头看着麻贵学姐。麻贵学姐以虐待狂的兴趣偷偷观察表情僵硬的远子学姐,然后继续说:“是啊,雨宫萤的身边好像经常发生灵异现象。不少跟她有关的人,都遭遇到可怕的事,甚至有生命危险哟!所以你们两位最好还是小心一点。不过,你们该不会已经受到诅咒了吧?”

远子学姐把头摇得跟拨浪鼓一样,站了起来。

“不要开玩笑了!什么幽灵跟诅咒,只有小学生才会害怕这种不科学的东西吧!我认为,雨宫同学一定知道九条夏夜乃的事。虽然我们在保健室问她的时候,她说那是幽灵,但是如果我因此却步,可是会让我们文艺社的毕业校友蒙羞的。没错,诅咒算什么,我可是把民俗学的权威柳田国男的《远野物语》读得滚瓜烂熟的‘文学少女’呢!”

麻贵学姐敷衍地一边拍手一边说着“真了不起”。

我做出绝对不再奉陪的结论,合上教科书,站起身来。

“你听好了,心叶。今晚我们也要等在这里,逮住九条夏夜乃,逼她说出她的阴谋……等一下,你要去哪儿啊?心叶?”

“去厕所。”

“那干嘛带着书包?”

“只是想要修个眉毛,补个腮红罢了。”

远子学姐看着我离去的背影，还不放弃地喊着："骗人，心叶才没有化妆吧？喂，你在笑什么啊，麻贵！才、才不是你想的那样，我才没有被抛下呢！心叶，要记得回来哟！我们约好了哟！喂，你有没有听见啊？心叶！心叶！"

我当然一点都不想再回到中庭。

如果说我完全不在意九条夏夜乃和雨宫萤，那是骗人的。昨晚在中庭发生的事，给了我难以忘怀的极大冲击，雨宫萤那句话也像是别有涵义，而我也跟一般人一样有好奇心。

但是，如果要被卷入更麻烦的事那就免了，再怎么说期末考已经迫在眉睫，考试前本来就该停止社团活动。远子学姐可能再过不久也会放弃，然后乖乖回家吧！

当我正在校园里漫步时，"啊！找到了找到了，井上同学！"一年级曾跟我同班的女生，跟其他几个女生一起高兴地朝我跑过来。

咦？怎么了？

"我告诉你哟，井上同学，有个很帅的男生在等你呢！快点快点！"那群大呼小叫的女生包围着我，莫名其妙地把我拖走。我们在途中还跟琴吹同学擦身而过，她目瞪口呆地看着我离去。

一到校门口，我就看到昨晚被远子学姐打得跌在地上的男生。

"你好，昨晚真不好意思。"

"你是远子学姐的……"

"我叫樱井流人，请多指教，心叶学长。"

他弯下高大的身体跟我打招呼，还满面笑容地对那些女生说："谢谢你们帮我找来心叶学长。"

围在旁边的女生也俏皮地对他眨眼，说："那就再见啦！"

"总之，我们先换个比较方便说话的地方吧？"他一边说，一边拉着我走开。

我听着女生们遗憾的叹息声从后方传来，一面慌张地问道：“等、等一下……你……”

“叫我流人就好，因为心叶学长的年纪比较大。”

“我的年纪比较大？”这么一说我才注意到，他昨天穿的是便服，但现在是穿着制服。从校徽可以看出他是就读附近的男校。既然他的年纪比我小，也就是说……

“你是高一的学生吗？”

“是啊，今年春天才刚入学。”

有这种体格的人，竟然在不久前还是个初中生！而且，才刚升上高一就有办法脚踏三条船，还在大马路上吵吵闹闹的，这家伙是怎么回事啊？

“你找我到底有什么事？还有，你为什么知道我的名字？”

“远子姐在家里都会聊你的事啊！说今天心叶学长又帮她写了怎样的文章，有些很甜、有些很辣、有些很苦、有些很酸之类的。”

原来她常常在家里提起我的事，想想还真害羞，不过另一件事更是让我惊愕得停止呼吸。

“你知道远子学姐会吃故事的事吗？”

他凝视着我，稍微扬起了嘴角，“那个啊，我知道啊！毕竟我们住在一起嘛！每天早餐时间，她都会拿着《古利和古拉》或是《欢乐村的六个孩子》（注 10），一边大发议论，一边笑容满面地吃下去。”

听到他这么说，我的胸口突然冒出一种不明所以的不悦感受。就算除了我之外还有人知道远子学姐的秘密，就算这个家伙比我还要了解远子学姐，其实也没什么大不了吧！但是，为什么我会有胃绞痛的感觉？

我轻轻抽走被他拉住的手。

“你也会吃书吗？”

“这个嘛，你说呢？”

他那极富男子气概的嘴角稍微往上扬。被那像肉食性动物般的锐利眼神正面盯着，我的身心好像都要颤抖起来了。他的气质有点类似麻贵学姐。

“那么，等一下要不要跟我一起去吃饭？这么一来，也可以知道我到底是不是远子姐的同类吧？”

他带我去的地方，是一间装潢得像西部片中的酒吧一样的快餐店。桌椅全都是焦褐色的木头做的，墙上还挂着射飞镖的靶子。

他点了夹有汉堡肉、培根、莴苣、蘑菇和双层起司，几乎有十五公分厚的大汉堡，还有堆积如山的罗勒风味炸薯条，另外还叫了大杯可乐。

“请用吧，流人。”

“谢啦，晴美小姐。”

他好像认识那位端来汉堡的小姐，撒娇地跟人家道谢后，就大口大口地嚼了起来。

他张大了沾上鲜红西红柿酱的嘴巴，津津有味地吃喝着，还不断把像拇指一样粗的炸薯条送进嘴里。

我把自己点的法国吐司和花茶丢在桌上不管，只顾着睁大眼睛看他吃东西的模样。

远子学姐并不是不能吃一般人吃的食物，光是放进嘴里吞下去也没问题。但是她也说过，她在吃那些食物的时候，就像我们一般人吃纸一样，毫无味道可言。

严格说来，远子学姐对于“甜”和“辣”的概念，跟我们认知的那种意义不太相同，因为远子学姐并不理解蛋糕或苹果派的味道。她也曾经很开心地说，她只是把自己从书中品尝出来的味道，用想象的方式替换成一般食物罢了。

——啊，加上鲜奶油的温热苹果派就是那种味道吧！

所以，虽然他以无比美味的模样吃着汉堡，也不能因此就断定他是人类。谁知道他是不是在演戏？

不过……

“你不吃吗？趁热吃比较好吃哟！”

“……我好像有种上当的感觉。”

他应该是跟我们一样，会吃面包会喝水的普通人类吧！所以我根本是受到他的挑拨，才会跟他一起来吃饭的。

“可别怪我，我只是问你要不要一起吃饭。”他果然很像麻贵学姐，尤其是笑里藏刀这一面。

真是的，好不容易从远子学姐那里逃出来，结果又落入她寄宿家庭的儿子手里。唉，我预感又要卷入什么麻烦事了。

我把叉子刺进切成四等份的法国吐司，一边没好气地问：“所以呢？你找我到底有什么事？跟远子学姐有关吗？”

“不，跟远子姐没有关系啦……我还要拜托你，这件事绝对不可以告诉远子姐哟！”

他以拇指擦去嘴边沾到的西红柿酱，然后直接舔掉。

“我喜欢的女生跟心叶学长读同一间学校，可不可以请你帮我的忙？”

◇　◇　◇

为什么事情会变成这样？好不容易把碍事者给赶走，都已经快得到她了，但是为什么？

一切都照着他的计划进行。他为了修复已经毁坏的沙盘模型，宁愿不择手段，不惜让双手沾染鲜血，甚至是冒渎神明。

这个世上本来就没有神明吧！最常待在他身边嗤笑的是恶魔，这也是他最值得信赖的伙伴。

没错，他从来不曾出错。但是，好不容易走到这一步，却要眼睁睁看着一切消失破灭。

没有时间了……

非得再次让时光倒流不可……

要让时光倒流到他跟她相遇那一天。

如果愿望可以成真，就算要把灵魂卖给恶魔都无所谓。

没有时间了……

脑袋昏沉沉的，梗塞的声音从喉咙口漏出来。胃痛得好像绞起来，也好想呕吐。

又要被夺走了吗？又要被背叛了吗？又要嘲笑他的愿望，又要从他的身边逃走了吗？

不可原谅!

他把手朝她那梦幻般飘摇不定的小巧脸庞伸去,像是要捏碎西红柿一样用力揉捏。

不可原谅,不可原谅,不可原谅,不可原谅,不可原谅!

◇　◇　◇

隔天,第一堂课结束后,远子学姐一脸不高兴地跑到我的教室来。

“你昨天为什么先回去了,心叶? 我可是一——直在中庭等你呢! 我一边看着从图书馆借来的雷蒙德·钱德勒《漫长的告别》(注 11)一边等你,直到整本书都看完了哟!”

“嗯……可以在中庭悠闲地看书真是太好了。”我面带微笑地说完,远子学姐突然砰的一声敲了我的桌子,直瞪着我看。

哇,班上同学全都在看我了啦! 琴吹同学也瞪着我。

“还不只是这样喔! 从你昨天跑掉到今天为止,你知道我经历了多么恐怖的体验吗?”

“不、不知道……发生什么事了吗?”

远子学姐被我这么一问,竟突然变成泫然欲泣的表情,颤抖着嘴唇说:“因、因为心叶一直不回来,我就跑去社团活动室看了一下,结果竟然看到桌上放了一束黑色的百合花!”

“是你的崇拜者送来的生日礼物吗?”

“我的生日还早得很呢! 而且你听见黑百合都没想到任何事

吗，心叶？”

“要想到什么？”

“黑百合的花语就是‘诅咒’啊！”

“也就是说你受到诅咒了？”

远子学姐立刻用双手捂住耳朵，拼命摇头，她长长的辫子也跟着不断跳动。

“讨厌，不要这样说，我绝对不承认！可是，可是……”她又用可怜兮兮的眼神望着我，“我怕随便丢掉会受到更严重的诅咒，就想去化学教室借个烧杯当花瓶，没想到又听见女孩的哭声。可是当我打开门后，却看不到任何人在外面。我想可能只是自己的幻听吧，把门关起来后，又听见外面传来啜泣声。后来我试着蹑手蹑脚地走到门边，轻轻地把门打开，外面还是半个人都没有。因此我想，这绝对是自己的幻听，就决定回家。可是在回家的路上……”

我听得都屏息了。远子学姐继续蹙着八字眉说：“有三只黑猫突然从我面前冲过去啦！”

听完之后，我整个人倒在桌上。

“而且还有整群的乌鸦从我头上飞过去。”

“……因为是黄昏啊，乌鸦也要回家吧！”

“今天早上我发现我的鞋柜里有这个东西。”远子学姐拿着一个白色的信封。

“是情书吗？”

“才不是。”她从里面取出信纸，摊开给我看，原来是幸运信。一周内如果不把同样内容的信件传给五个人，就会遭遇不幸，就是诸如此类的东西吧！

“这可是我第一次亲眼看见幸运信呢！”

“我也是啊，从小学时代那阵流行风潮以来第一次看见。你看看寄信者的名字，心叶。”远子学姐用颤抖的手指指着，上面写着“幽灵敬上”。

这种东西与其说是诅咒，不如说是恶作剧……

“而且啊，今天早上信箱里又出现奇怪的纸张了。对方已经火力全开了啦！”

远子学姐让我看看那些所谓“火力全开”的纸张。

“唔……”

的确是火力全开了。带有烧焦痕迹的纸张上，用自来水笔写着“恶魔附身的猪群”“我回来了”“我要让你吞下这把切肉刀”之类的可怕词句。

“如果我们不先下手为强，恶魔附身的猪群就会来攻击文艺社了，而且下次送来的说不定不是黑百合，而是扎上缎带的刀子呢！文艺社现在已经面临了生死存亡的紧要关头，心叶。”

“我觉得我们社团早就在生死关头了啊……”毕竟只有两个社员，简直比同好会还不如。

远子学姐凶狠地瞪着我：“认真思考一下吧，心叶。今天放学后，要立刻到社团活动室去，我们得针对这件事讨论出一个对策来。就这样约好了哟！”

宣告休息时间结束的钟声响起，远子学姐不放心地再三叮咛后，才慌慌张张地离去。

在我们谈话时，琴吹同学从头到尾都瞪着我。真叫人不知该如何是好。

虽然对远子学姐有些过意不去，但是我放学后已经有其他的计划了。

课堂中,我一边望着窗外,一边想起昨天流人所说的话。

他说:“我喜欢的女生跟心叶学长读同一所学校。”

还说:“跟心叶学长一样都是二年级,名叫雨宫萤的女孩。你认识她吗?心叶学长?”

什么认不认识——不就是我跟远子学姐一起送去保健室的那个女生吗?我不禁哑然。

接着流人又说出更令人吃惊的话:“其实我们已经在一起了,但是总觉得哪里不太合得来,好像没办法顺利交往。”

“什么!可是你不是有其他女朋友吗?而且有三个吧?”

“喔,我跟她们也在交往啊!另外还有两三个……不,应该是四五个人吧?因为更换的速度太快了,我也不太确定。”流人大言不惭地说完,就哈哈笑了起来,我忍不住赏他一个白眼。

“既然你有那么多女朋友,如果其中一个没办法顺利交往也没什么大不了吧?还是说,你真的很喜欢雨宫同学?”

“唔……正确地说,是因为我觉得自己将来可能会变得超级喜欢她吧!”

“这是什么意思啊?”

我愣了一下,流人眼睛发亮地说:“因为她给人一种危险的感觉,很合我的胃口。”

“你喜欢危险的人吗?”我越来越搞不懂了。

但是,就像一提到书本就会开始长篇大论的远子学姐,流人也滔滔不绝地说了起来:“我没办法跟普通的女生交往。但是如果是会因为独占欲强而杀了自己喜欢的男人,还会亲吻他的人头——

就像王尔德在《莎乐美》里描写的那种女性，我却会无法自拔地爱上她。还有会化为蛇身，追逐深爱男人的清姬（注 12），以及为了跟喜欢的男人再次相见，宁可纵火的蔬菜店阿七（注 13），我也好希望有人可以那样深刻而执著地爱着我、恨着我。或许是我有点受虐倾向吧！每当女孩用爱恨交加的目光凝视或是痛骂我，我几乎都会兴奋得发抖。因为，人类最强烈的感情就是憎恨吧？就算爱情会在时间的消磨下逐渐减少，但真正的憎恨可不是这么简单就能忘记的。而且经过的时间越久，恨意也越强大，不是吗？所以包含了憎恨的爱情，也持续得比较久。因为还有爱，所以会憎恨，因为憎恨着，所以能一直爱下去。我是这样认为的。”

这番完全不像高一男生会有的恋爱观，让我震惊到说不出话来。虽然我一边听一边还在想，这家伙问题真不小，但是当我听到“人类最强烈的感情就是憎恨”时，却不由自主地打了一个冷战。

我仿佛陷入一种错觉，在我面前大发议论的流人似乎变模糊了，取而代之的是一个女孩的身影，她锐利的目光朝我直射而来。

美羽！

在美羽自己先回家的那一天，我在路上对她大叫“等一下”时，她转过头来看着我的目光……

就像寒冰削成的刀剑，又冰冷又锐利的眼神……

在那之前，美羽跟我一直都很要好。她总是喜欢跟我开玩笑，或是带着幸福的笑容，以开朗的语气说：“我最喜欢心叶了。”

但是，美羽当时凝视我的眼神，就像要完全抹煞掉我们一起度过的时间，充满了憎恨。为什么美羽会用那种眼神看我？为什么她会那么恨我？

每当我想起美羽，心脏就会痛得揪起来，痛苦得几乎无法喘息。

不可以再想美羽了。不可以再想起那个眼神了。

我拼命地说服自己，努力挥开那几乎感觉得到呼吸心跳、活生生的美羽的幻影，集中精神继续听流人说话。

"你之所以会同时跟这么多女生交往，就是因为想被她们憎恨吗？"

我握紧了麻痹的指头，极力忍耐不让声音变得颤抖地询问后，流人喃喃回答："或许吧！每个女生都毫无例外地会嫉妒别人，想要束缚我，但是萤跟她们不同。她就算跟我交往，对我也没有那么强烈的执著。她常常发呆，老是一副心不在焉的样子。从一开始就是这样。"

"你是怎么认识雨宫同学的呢？"

"大概是一个月前吧……在一个刮大风下大雨的深夜，我看到她独自在公园里荡秋千。她穿着样式很老旧的水手服，天上不停地打雷闪电，她的头发和衣服也都湿透了，却还是不以为意地继续荡秋千。我一看到这样的她，就觉得她好迷人……"

在狂风暴雨中荡秋千的雨宫同学突然放开手，整个人跌在地上。流人跑过去抱起她，他们就这样认识了。

流人前倾上身，露出孩童般的天真笑容说："该怎么说呢，一切都发生在电光石火之间吗？我当时想着，我终于碰到了理想的女性，有一种'她将来一定会成为我生命中很重要的人'的预感。像萤这样的女孩，为了得到打从心底渴望的东西，一定会不择手段。就算男人害怕地逃开，她也会不断追上去，甚至是把对方杀死而啃食。如果真的碰上这种女孩，就算以后我的身边只有她一个也无所谓，我一直都是这样想的。"

流人的话虽然很耸人听闻，但是他的脸上却露出了天真无邪的欣喜神情。

此时我才初次意识到，他跟我一样，只是个高中男生。

美羽跟其他人不同，是个特别的女孩，我在初中时也是这样想的。

对我而言，美羽是最初、也是最后一个让我有这种想法的人。

有美羽的地方就有我，我也认为这种理所当然的生活方式会永远持续下去……

“我问她‘跟我交往好吗’，她也回答‘嗯’，所以我觉得她应该是正在跟我交往。但是，她好像完全没有对我着迷嘛！她的眼中好像根本没有我的存在，但她还是跟我交往，也跟我约会，我亲她的时候她也不躲开。很奇怪吧？既然如此，为什么要跟我交往？我总是忍不住这样想，一直搞不懂。不过，自从我跟萤开始交往后，就发生了很多奇怪的事呢！”

“奇怪的事？”

我突然想起麻贵学姐在中庭所说的话，“听说接近她的人都会受到诅咒”。

“好像有个戴墨镜的奇怪男人在跟踪我，年纪大概四十岁吧？穿着西装，头发染成浅色，外表是不难看，可是给人的感觉很阴沉，好像看不出是活人还是死人……大概就像死神那种感觉吧！我跟萤见面的时候，常会发现那个人在不远处监视我们。萤好像也知道这件事，她跟我在一起时，还会发抖地抓住我的手，用快要哭出来的语气请求我‘拜托……不要回头，也不要离开我的身边’。但是当我问她‘那个人到底是谁’，她却不肯回答我。

“还不只是这样，我半夜走在路上，还会有像是约翰·斯维尔和他的伙伴们(注 14)之类的壮汉包围住我,叫我跟萤分手,然后就对我拳打脚踢,在夜晚的街道上追着我跑,甚至还想开车撞我……一个月里就不知道发生了多少次……"

我咽了一口口水。

"真、真亏你还有办法继续跟雨宫同学交往。"

流人稀松平常地回答:"我就是喜欢惊险的生活,这反而让我充满斗志。"

他果然是爱好平凡生活的我无法理解的人种。

此时流人皱起眉头,"无论是被跟踪还是被打,我都无所谓。可是萤本人倒是让我觉得不妙。"

"不妙? 是指她的个性吗?"

"不,我并不觉得她的个性有什么问题,重点是,她完全不吃东西。我好几次带她来这家店,但是不管我怎么劝,她都说'不要'。就算我想要喂她,她也一口都不吃,就连水都不喝。有一次我们约会的时候,她就饿得倒下去。后来我送她回家,发现她住在一间很豪华的洋房,但是里面好像没有人,我问她'你的家人呢?',她也只是沉默不语。而且,她有时好像会变成另一个人。如果她晚上走到阴暗处,就会突然变得很外向,很不耐烦,还会说自己叫'九条夏夜乃'。"

这让我吓了一跳。

"真的吗? 雨宫同学真的说她是'九条夏夜乃'吗? 雨宫同学跟九条夏夜乃是同一个人?"

"心叶学长也看过'夏夜乃'吗?"

流人也大吃一惊,我就把至今发生的事全都告诉他了。

从远子学姐设置的恋爱咨询信箱被丢入奇怪的纸张开始说

起。还有我跟远子学姐埋伏在信箱旁看到的灵异现象，以及穿着老旧制服的女孩出现，在笔记本上写字，撕下来丢进信箱等等的事。最后说了那个女孩自称“夏夜乃”。

流人面露严肃的表情。

“或许这是我造成的吧！我曾经跟萤说过，‘你知道文艺社在学校中庭放了一个信箱吗？他们有帮别人做恋爱咨询喔。’……”

不知不觉间，我和流人开始认真讨论起雨宫同学的怪异行为。

“如果让远子姐知道我碰上这样麻烦的局面，她一定会跟我啰唆的，所以能不能请你对她保密？还有，能不能麻烦你在许可的范围内尽量帮我调查萤的事？”

看他这样诚恳地请求，虽然我心想又要惹上大麻烦了，但嘴上还是回答他：“虽然我帮不了什么忙，不过至少可以跟雨宫同学的同班同学打听看看。”

“我的座右铭应该是‘千金之子，坐不垂堂’（注 15）吧……”

午休时间，我叹着气走在走廊上。

我叫住了去年跟我同班，现在跟雨宫同学同班的森下，问过之后才知道，靠近雨宫同学就会受到诅咒的事是真的。跟她交往的男生，不是被车撞了，就是从车站的楼梯上摔下来，遍体鳞伤地被送进医院。

“雨宫同学看起来就是很乖巧的模样，没想到跟那么多人交往过啊？”

“虽然我承认她算是个美少女，但是她反应迟钝，个性又不好相处，感觉很阴沉，一看就知道她没有朋友。而且她在午休时间都会一直发呆，不吃饭，从来没有人看过她带便当，或是去福利社买面包耶！那会不会就是所谓的厌食症啊？”

森下也跟我说了雨宫同学几位前男友的事。

“光是我听过的就有五六个人吧？大概从高一最后那段时间开始，她突然跟好几个人交往。其中有的像花花公子，有的像流氓，好像都不是什么正经的人。雨宫还曾经鼻青脸肿地来上学喔，一定是被男人打的吧！”

为什么雨宫同学会在短时间内跟那么多风评恶劣的男生交往？而且，为什么那些人都陆续地遭到意外？

流人说过，曾有戴着墨镜、像是死神一样的男人在跟踪他，还有像《金银岛》里的海盗一样的人威胁他，要他跟雨宫同学分手。跟雨宫同学交往过的男生，也都碰过一样的事吧？但是，为什么会这样？

唉，我好像陷得越来越深了。我明明就没有当侦探的能力。没办法了。总之先把今天打听到的事告诉流人吧！

至于远子学姐那边……

“我连续两天放远子学姐鸽子，她一定气炸了吧？”

一想到她再三嘱咐“约好了哟”，还气鼓鼓离去的模样，我不禁把手撑在走廊墙上喃喃自语。

我实在很怕远子学姐又哭丧着脸跟我抱怨什么。但是，跟流人联手应该比较有效率，好像也可以快点解决掉这件事吧！

此外，我也大概猜到是谁制造灵异现象和送黑百合了。如果我猜得没错，远子学姐应该不会遭遇什么危险。再说，如果远子学姐把注意力全部放在幽灵身上，对我来说也比较方便。

得出这个结论后，我一放学就前往跟流人相约的地方。

我走进昨天那家店，刚好看到流人被一个女生赏了一巴掌。

“你太差劲了！”

一位像大学生的女性，拿起杯子把水泼在流人头上，然后就大步跨出快餐店。

“你、你没事吧？”

“没什么，这是常有的事。这巴掌还真有力，打得我浑身舒畅。”他心平气和地回答，然后很自然地接过服务生小姐递过来的毛巾。

“不好意思，晴美小姐。”

“我早就习惯了。”她耸耸肩膀，苦笑着说。

我这旁观者反而诧异得说不出话来。这种事也可以习以为常吗？

桌上放着吃了一半的汉堡、炖豆子和可乐。

“你来得真早。你们学校已经开始期末考了吧？”

“不，我上午就早退了。”

“你是说逃学吗？”

“也可以这样说啦！”

我一边感到头开始隐隐作痛，一边说起在学校打听到的情报。

“喔，她经常跟一些风评不佳的男人交往啊？”

其实你自己也是大有问题的高中生吧？

“我也查过九条夏夜乃的事了。十七年前的学生名册曾出现这个名字，好像是一、二年级的时候在我们学校就读。但是毕业纪念册里并没有这个名字，可能是在二年级的时候辍学吧！”

“是这样啊……”

就在我们谈话时，“流人，我来了。”

“让你久等了,阿流!”一位穿着学校制服和短裙的女孩,以及一位穿着迷你裙、像粉领族的鬈发女人一起向流人打招呼。

仔细一看,短裙女孩后面,还有一个穿着相同制服的乖巧女生,踌躇不安地站在那边。

“难道你又脚踏三条船了?”我不禁失声叫道。流人只是苦笑着响应“别老是用这种有色眼光看人嘛,心叶学长”,然后就一脸和悦地跟她们聊了起来。

“啊,小岬,谢啦!这位就是濑川园子小姐吧?你好,我是樱井流人。不好意思,突然把你找来。”

“不、不用客气。”看起来很乖巧的女孩面红耳赤地摇摇头。

“喂,濑川同学可是很纯情的哟,不要随便诱惑人家!是因为阿流拼命拜托我,我才带她来的。”

“好好好,我知道啦!啊,佐枝子小姐,害你上班早退真是抱歉。”

“哎呀,没关系啦,反正公司今天也很闲,来这里还比较有趣呢!”那位粉领族小姐对流人眨眨眼,坐在流人为她拉开的椅子上。

“对了,这位是我的学长井上心叶,是圣条学园的二年级学生。”

“你好,我是宝女二年级的加贺岬。”

“那个,我是跟加贺同学同班的濑川园子。”

“我叫橘佐枝子,是个上班族。”

众人自我介绍过后,我也很生硬地说“我、我叫井上”,并对大家点了个头。

流人到底打算做什么啊?叫来这么多女生,是要办联谊吗?我用疑惑的眼神望着流人,他又露出肉食动物般的犀利表情,对我笑了笑。

“濑川小姐在小学的时候是萤的同班同学，跟她感情很好哟！”

我惊讶地望向濑川同学，她也客气地跟我点了头。

“我就住在小萤她家附近，也一直跟她同班。”

流人继续对吃惊的我说：“这位佐枝子小姐在萤她姑丈的公司上班。我是在中午的时候跟她搭讪，然后请她过来的。”

搭讪！而且还是今天！

“呵，被搭讪了，阿流真强硬。不过，偶尔由年轻男生主导也挺新鲜的。”

“流人也真是的。”

加贺同学好像在桌子底下踢了流人一脚，流人喊了一声“好痛”。我不由得对这样的流人感到刮目相看。

短短两天内就可以找来这些跟雨宫同学相关的人，这可不是谁都能办到的。

加贺同学还在抱怨着“流人可要好好弥补我哟”，流人也随口说着“会啦会啦”安抚她，然后又转过来面对大家，以轻松的语气说：“那么，就从濑川小姐开始说起好吗？萤从很久以前就什么都不吃了吗？”

跟雨宫同学很有交情的濑川同学摇摇头，“没有，她在小学的时候吃东西都很正常。每周两天的便当日，她也会带着女管家做的豪华便当来学校，还会分给我一些呢！”

从濑川同学的话中，我得知雨宫同学的母亲在她小学一年级的时候生病去世了，家里的事都是女管家在打点。雨宫同学似乎是跟父亲、姑妈三个人住在那间很大的房子里。

雨宫同学初中一年级的时候，姑妈因为结婚搬了出去。不久，她父亲因为心脏病发去世，两个星期后，姑妈也因意外身故。

雨宫同学顿时失去所有的家人，她的监护人就变成了姑丈——也就是雨宫同学姑妈的先生。

濑川同学以阴郁的表情继续说："那个人把女管家和司机全部辞退了，还把房子卖掉了。小萤会变得那么奇怪，也是从那时候开始的。"

雨宫同学好像是从跟姑丈一起生活后，才开始出现厌食的情况。她一开始只是会剩下一点食物，后来吃不完的分量越来越多，渐渐地就变成什么都不吃了。

"小萤好像很害怕吃饭，吃午餐的时候，她就像在害怕什么一样畏畏缩缩的，还会突然转头，一直盯着窗户看……有时甚至咬了一口面包就突然站起来，脸色发青地冲到厕所去。可能是吐得太用力吧！她走出厕所时都是一副虚弱无力的样子，我看得也很难过。

"我曾问她'是不是跟姑丈处得不好'，但小萤只是绷着脸，沉默不语。之后，她仿佛有心躲着我，常常独自一人。后来她还变本加厉，像个人偶一样，完全不管身边的事，总是摆出恍惚的表情，心也不知道飞哪去了。"濑川同学像是认真思考着雨宫同学会变得那么奇怪是不是跟她的姑丈有关，一脸凝重地沉默了。

紧接着，粉领族佐枝子小姐也兴致盎然地说了起来："喔，这么看来，我们的董事长杀害自己的太太和小舅子而夺走公司这个传言，也不完全是空穴来风啰？"

她轻描淡写的语气，令我大吃一惊。

雨宫同学的姑丈叫黑崎保，而那间公司，原本是雨宫同学已过世的父亲所掌管。他死了之后，拥有最多股份的黑崎先生就继任了董事长一职。

“他对外宣称，自己是一直在国外工作的精英分子。不过，他也真的是个手段高明的人才啦，所以自从他担任董事长后，公司的业绩蒸蒸日上。而且，他好像很受女性职员的欢迎哟，因为他年纪不算太大，又是单身，长得又英俊，气质好像也很能吸引女性的目光。虽然他把头发染成浅茶色，也不知道是眼睛不好还是怎样，老是戴着浅色的墨镜，但是那样还挺帅的，很适合他喔！比较资深的职员好像都很在意他的发色，不过在我们年轻女职员之间还颇受好评呢！他还没继任董事长前好像一直是黑发，但是在就任那天，却顶着那种头发出现，所以员工们都吓到了。

“算了，反正他的工作表现很抢眼，本来就很容易树敌吧！至于他杀害前任董事长的谣言，也是从他就职以来就时有所闻，如果哪天董事长真的遭到警察的逮捕，大家也不会觉得奇怪吧！说不定还会觉得‘喔，果真是这样’呢！”

竟然说成这样。看来雨宫同学的监护人也不是个简单人物。

“啊，可是啊，最近董事长好像有点反常。”

“反常？怎样反常？”流人探出上身问道。

“我是听秘书课的人说的啦！他这一个月以来的饮食好像都不太正常。不过，他最近好像真的忙到要在公司附近租间公寓来加班，所以可能只是没时间好好吃饭。跟人谈生意时不是常常要吃饭应酬吗？听说他去应酬的时候，只要一吃完东西，就要立刻去厕所吐掉。那个秘书课的人还说，看过董事长的手指上有吐茧（注16）呢！”

我跟流人惊愕得面面相觑。

吃了东西会吐出来，不就是厌食症吗？原来不只是雨宫同学，连她的监护人都有相同症状，这到底是怎么回事？

佐枝子小姐蹙起她端秀的细眉，“还有……大概是在今年年初吧？好像是医院打电话给董事长，然后董事长就气得大吼大叫，像是‘给我重新检查’啦，或是‘不可能的’之类的话……董事长平时都很冷静，也不太会表露感情，但是他当时却非常激动，所以我也吓了一跳。

“还有，上个月不是有一天下大雨吗？就是整天都狂风暴雨，连电车也停驶的那个恐怖日子啊！当天秘书课的人走进董事长办公室，发现董事长打开全部的窗子，看着外面。风雨都飘了进来，整个办公室变得乱七八糟，董事长也已经全身湿透了，可是他嘴里还不停念着‘混账’、‘没时间了’之类的话。听那个秘书课的人说，看当时的气氛，觉得董事长仿佛随时会从窗口跳下去，所以她吓得不敢出声，就悄悄走掉了。

“我想，董事长或许是生了什么病吧？而且很可能是不治之症，已经活不了多久。所以或许他会在还没被警察逮捕前，就先吐血身亡吧！”

虽然佐枝子的语气十分戏谑，但是我和流人都笑不出来。

流人向佐枝子小姐她们道谢，送她们走出店外后，就回来坐着，环抱双手，面色凝重地说：“跟踪我的男人，应该就是萤的监护人黑崎吧！明亮的发色、浅色的墨镜——还有高大的特征也都相符。我送萤回家时，感觉她家没有人，我就很惊讶地想着，难道她一个人住在这么大的房子里？她跟姑丈住在一起的事，我也是最近才知道的。因为萤很不喜欢说到这个话题……”

“为什么雨宫同学的姑丈要跟踪你？”

是因为担心雨宫同学吗？不，每次约会都跟在后面监视未免也太离谱了。雇用流氓威胁流人，还让雨宫同学的前男友们受伤，也都是他做的好事吗？

跟雨宫同学有过交情的濑川同学，说了“小萤自从跟姑丈一起生活后，就开始出现厌食的情况”，还有雨宫同学的姑妈，在她父亲过世的两星期后意外身亡，这两件事难道都只是纯粹的巧合？

粉领族佐枝子小姐说到“董事长或许得了不治之症”时，我也很在意。黑崎先生所谓的“没时间了”，如果就是字面上这个意思，那他打算在剩下的时间内做什么呢？

另外，雨宫同学的住所也很可疑……黑崎先生把雨宫同学原本住的房子卖掉后，还特地为她准备了新房子，一定有什么意义吧？如果只有两个人住，住在普通的公寓不是比较合理吗？但是从流人的形容听来，她的新家应该是一栋豪宅吧……

我思考得越多，就越觉得胸口仿佛积了泥水一样滞塞，有种很不舒服的感觉。

“结果……夏夜乃到底是谁？”我喃喃地说着，正在皱眉沉思的流人就抬起视线。

“啊，我还没告诉你吧？我调查萤的家族成员之后就知道了，九条夏夜乃是萤的母亲，九条是她娘家的旧姓。”

◇　◇　◇

没时间了……

他把脸贴在马桶上，吐出酸苦的胃液，一边喃喃自语。

怎么吐都还是觉得不够。他在想要把胃里所有的东西都掏出来的冲动驱使下，把食指伸进口中。

将手指插入喉咙深处，用指甲搔刮着柔软的肉壁催吐。

空荡荡的胃开始痉挛，喉咙发出干呕的声音，掺杂了唾液的黄色液体不断从嘴唇滴落。他看见其中还混杂红色的血丝，胸口就像揭起黑暗的波涛，萌生出激烈的愤怒与恨意。

就像沙漏里面缓缓流逝的沙子，结束的时间逐渐逼近。

想要多一点时间。

地位和财富都已经得手了。时间——就只有时间还不够。

呕吐感逐渐上涌，胃部拒绝了一切。这种如同烧灼全身的饥饿和疼痛到底要持续到何时？沙子流逝的声音在耳边徘徊不去！

门的另一端传来了女秘书喊叫他的声音。

秘书对他的疯狂感到恐惧，但她还是忠实地执行了自己的职务。秘书以颤抖的声音，向他报告大学医院的坂田医生来访。

他隔着门朝外面大叫。

把他赶走！

然后他抱着头，跪在地上，吐出了诅咒的话语。

混账，混账……绝对不能饶恕。混账……背叛者、妓女、母猪……所有人都去死吧！

第三章

你我的邂逅

周六，我在家里悠闲地度过。

“哥哥，妈妈炸了地瓜球，要我来叫你去吃。”安详的午后，我在准备期末考之余拿起桌上的书来看，刚读小学的妹妹就跑进我的房间说。

“嗯，我知道了。”

“哥哥，你在看什么书啊？”妹妹从我的手臂下方伸长脖子偷看，发现有很多看不懂的汉字，就眨着一双大眼睛问道。

“这是舞花不需要看的书。我再借你其他的书吧！”

我合上了写着“饮食障碍——厌食症、暴食症——”的书页，把书本放在书架高处。

这本叫做《心理性疾病》的书，是我在初中毕业后，把自己关在房间，裹在棉被里的时候会读的书。不过当时我看的，都是“恐慌症”“过度换气症候群”“强迫性精神官能症”（注 17）之类的项目……

心和身体是息息相关的。心灵变脆弱了，身体也会逐渐虚弱。这种事我自己就很有经验。

雨宫同学既然会对进食这项维持生命最基本的行为产生抗拒，那么她的心灵究竟脆弱到什么地步了？要怎么做才能让她的心灵重新拥有活力？还有，黑崎先生之所以会把胃中食物全部吐出来，或许不是因为身体生病，而是心理问题吧？

跟我素未谋面的黑崎这号人物，让我产生了一种阴森恐怖的感觉。

他的目的到底是什么？

“哥哥，人家比较喜欢看有动物的故事。”舞花笑嘻嘻地说着。

“那么吃完点心后，我们一起来找找看吧！”

“嗯！”

我拉着兴高采烈的舞花的手，一起走下楼梯。地瓜球甜美的香气窜入鼻中，我的肚子不禁咕噜噜地叫起，口中也开始分泌唾液。

现在的我，理所当然地感受得到食欲。

我那颗曾经一度毁坏的心，虽然偶尔仍会失控，但是大致上还能正常运作。

这件事常常让我感到痛苦得有如脖子被掐住。我想，这可能是因为我发现美羽的面貌在我心中已经越来越模糊了吧！

我的心情很矛盾。即使平常我想起那段回忆时会忍不住逼自己快点淡忘，但我还是不想忘了美羽。

吃完晚饭后，我骑着脚踏车到百元商店，去买已经用完的自动铅笔笔芯，也顺便帮母亲采购一些琐碎的食品。回途，我突然觉得心血来潮，就去了一趟学校。

或许是下过雨的缘故，空气很凉爽，湿答答的地面被月光照得闪闪发亮。深沉的黑暗里，校舍白色的轮廓清晰浮现。

远子学姐不会连周六也跑来埋伏吧？

我一边担心地想着，一边跨在脚踏车上眺望校园。

此时有辆黑色的高级轿车停在校门口。车门打开，一位纤瘦的女孩走了出来。

那个女孩！

我吓得心脏差点从嘴里跳出来。那个手上拿着黑色书包，身上穿着旧式的水手服，以轻飘飘的步伐走进校园的女孩，分明就是雨宫同学。

轿车飞也似的从校门前开走了。我在黑暗中看不太清楚司机的长相，但八成是个又高又瘦的男性。

难道那个人就是黑崎先生？可是黑崎先生为什么要载雨宫同学来学校？难道他明知雨宫同学的奇特行为，却任由她继续？

我奋力踩着脚踏车来到学校后门，把车放在停车场后，就往中庭走去。

雨宫同学正坐在湿濡的草地上，在笔记本上写字后撕下，丢进信箱里。那柔弱的背影，纤细的颈项，都跟我第一次看见她的时候一模一样。

怎么办？我该不该叫她？

我还在犹豫，雨宫同学已经提着书包站起来，走了出去。她并不是往校门的方向，而是继续往穿廊走去，进入了校舍。

咦？校舍的门没有上锁吗？怎么会？

再继续迟疑就会跟丢了，所以我慌忙地向她追去。

深夜的学校走廊在月光的照耀下，看起来像一条黑暗的运河。运河之上，雨宫同学仿佛乘坐着狭长的平底小船，随着水波摇摇晃晃地前进。

雨宫同学爬上楼梯，继续在走廊上漫步，来到化学教室前。她转身面对教室的拉门，然后就走了进去。

教室的灯打开来了。

我贴着墙壁，几度吞咽口水，屏息倾听教室里的动静，结果就听见喀嚓、喀嚓、叩咚的碰撞声。

这……是金属的声音吧？她打开铁柜了吗？她从铁柜里拿出什么？为什么又有水声，还有拉椅子的声音？

奇怪？里面突然静了下来。

我有点好奇，就轻轻拉开一条门缝往教室里偷看，竟然发现雨宫同学消失了！

我全身都冒出冷汗。

怎么可能！她跑到哪里去了？这里可是三楼耶，难道雨宫同学打开窗子跳下去了？

我拉开拉门走进教室，里面的电灯还是亮着的，窗户和窗帘也都关得好好的。教室里充满了化学药品的刺鼻味道，前面挂了黑板，后面是放置扬声器和教学用具的架子，黑色的耐热桌和椅子整齐地排列在中央。

她果然不在教室里！难道真的碰上幽灵了……

我感到一阵令人战栗的恐惧，同时走到了耐热桌之间。

就在这时，我的脚好像碰到了什么温温软软的物体。

“！”我当场就要发出惨叫，但是在此同时，我也听见脚边传来女生的一声惊叫。

我低头一看，原来穿着旧式水手服的那个女孩蹲在桌底下。

“啊，雨宫同学！”

我原本以为瞬间消失的雨宫，此时一手拿着抹布，一手拿着喷嘴式的清洁剂，半个人都塞在桌底下擦拭后面的墙壁。

“你、你在干吗啊？雨宫同学？”因为太过震惊，我完全忘记隐藏自己的惊讶就脱口问道。她一听，就鼓着脸颊瞪着我说：“我不是雨宫同学，我是夏夜乃，九条夏夜乃啊！我应该跟你说过我的名字了吧？”

那不是你母亲的名字吗？虽然我心里这么想，但是现在这种状况实在不太适合挑明。

“抱歉。这种时间你还在这里做什么啊，九条同学？”

“我要把讯息擦掉啊！”

雨宫同学——不，夏夜乃一脸阴沉地转头看着墙壁。桌子底下的墙壁有些才擦到一半的数字。

“42　46　43　42　43　7　14　43　36”

“我还以为已经擦干净，一点都不剩了呢……结果竟然还有这些藏在桌底下……这种东西，早就没有必要了……”她一边喃喃说着，一边继续用抹布把数字擦掉。

“为什么没有必要？”

“……因为，我和他都已经死了。”

“可是你看起来不像幽灵啊？”

已经擦完数字的夏夜乃从桌底下探出头来，保持着四肢着地的姿势，笑着对我说：“哎呀，你刚才看到我的时候不是吓得脸都绿了吗？你一定以为我是幽灵，所以害怕得两腿发抖吧？”

“那……那是因为……”

夏夜乃看到我结结巴巴地说不出话来，就笑嘻嘻地站起来。她现在的笑声跟之前在中庭那种病态的笑法不一样，而是显得天真又开朗。她调侃似的望着我的眼光，跟我心中那个女孩十分神似。

——就算你说谎我也看得出来，所以你就坦白一点吧，心叶？

——心叶不管在想什么，都会立刻显露在脸上。不过，我就是喜欢会认真听我的愿望，又不懂得说谎的心叶。

我沉浸在梦见往事一般的奇妙心情中，胸口甜蜜地揪紧了。

美羽也经常像这样跟我开玩笑。像这样看着我，露出灿烂的笑容。

当然，站在我面前的并不是美羽。已经无法再见到美羽了。

不过，就算是错觉也无所谓，我只想继续沉溺在这种怀念的气氛中。谎话也好，做梦也罢，如果可以回到当初……

现实世界是不可能发生这种事的。

但是，但是，如果真的可以……

“九条同学，你为什么要把纸张放进文艺社的信箱？那些数字有什么涵义？‘他’又是谁？”

夏夜乃把抹布和水桶收回铁柜里，白皙双手的动作不时发出“喀嚓喀嚓、叩咚叩咚……”的细碎声音。她一边收拾，一边用听不出感情的冷静语气说：“真想要知道的话，明天再来这里一趟吧！只要你来，我就给你提示。”

她的唇边绽放出小小的笑容，琥珀色的眼睛像是发出邀请似的直视着我。

我还怀着身在梦中的心情，没有开口回答，只是呆呆看着她走出化学教室。

轻飘飘的脚步。在膝下摇曳着的制服裙摆。

刚才她对我发出邀约了吗？

隔天是星期日，我从一大早就开始想着夏夜乃的事。她今天真的也会去那里吗？

我直到傍晚都在思考这些事，入夜后，我就怀着不安的心情往学校去了。走上了跟昨天一样的走廊，爬上楼梯，走到化学教室。

一打开教室的门，我就看到沐浴在月光下的夏夜乃站在窗边。电灯是关着的，窗户和窗帘全都拉开了，冷冽的银色月光充满了整间教室。

夏夜乃看见我来了，就可爱地露出微笑。

"晚安，心叶。"

我发现，她叫着我名字的口气跟美羽很像。

在耳边缭绕的甜美声音……

她并不是美羽。不仅如此，她根本就是个已经不在世上的人了，可是我的心中仍然不由自主地猛然一震。

"你答应过要告诉我的，你放进信箱的纸张，上面写的数字是什么意思？"

"哎呀，我不是说过只会给你提示吗？"

"那么就请你告诉我提示吧！"

夏夜乃将裙摆一翻，坐在耐热桌上。

"提示就是我的名字，'夏夜乃'(Kayano)哟！"

"我不明白。"

"嘻嘻,你好好想想吧,名侦探。"

"我只是个普通的高中生,哪有办法光靠这点提示推理出答案来啊? 没有其他提示了吗?"

"那我就把他的事情告诉你吧!"

她以蕴含爱意的目光看着我,轻声地说:"他比谁都更贴近我的心,是我的一部分,我的'半身'哟! 我们不管分隔多远,不管各自在做什么,两颗心都是在一起的……"

从窗口照进来的清朗月光,唤醒了遥远过往的回忆。

时间的碎片化为洁白的羽翼,和月光一起飘落在我身上。

我们也是一样。不管分隔多远,不管各自在做什么,我们的两颗心也是在一起的。美羽也是我灵魂的半身。至少,我是这样看待美羽的。

"我跟他曾有过一段很快乐的时光。但是……"夏夜乃神情落寞地垂下眼帘,"后来他生我的气,就销声匿迹了。我们以后就再也没见过面了。"

我的胸口感觉到贯穿心脏般的痛楚。

我也一样,再也见不到她了。

美羽用充满憎恨的眼神看着我,拒绝了我。虽然是那么喜欢,却无法再次相见。

"嘿,心叶,你知道怎样才能拿回失去的东西吗?"夏夜乃凝视着我,认真地问道。

我紧紧抓住衬衫的胸口部位,以颤抖的声音回答:"……那是不可能的。失去的东西,就再也拿不回来了。"

夏夜乃垂下目光,淡淡地说:"不,其实很简单。只要让时光倒流就好了。这么一来，就不会再犯下相同的错误了。”

这句话简直就像恶魔的低语。

如果可以让时光倒流……如果可以回到过去的那一天……

在那漫长的严冬里，我躲在房间裹着棉被，心里无数次祈祷的就是这件事。

如果可以回到写小说之前的时光，如果可以回到美羽从顶楼跳下去那天……

神啊，我请求你，让我回到过去的时光吧！

如果可以不再失去美羽，其他的一切我都不要了。

神啊，神啊！

但是，时光仍然没有倒流。而我现在还是独自一人。

“……不可能的，时光是不可能倒流的。”

夏夜乃看着全身颤抖的我，露出了哀伤的表情轻轻地说：“……是吗……心叶也有……想要让时光倒流的往事吧！”

她从耐热桌上跳下，朝我走了过来。她伸出双手，轻轻抱着我的头，贴在她单薄的胸前。

我不明白，她这个举动是发自怎样的心情。

但是，她似乎非常悲伤，还隐约地颤抖着。纤细的身体像雪一样冰冷，还有一种似曾相识的清洁香味。

我感受着些许的安慰和苦涩的疼痛，依靠在这个如梦似幻的拥抱之中。

就算时间永远停留在这一刻也无妨，我这么想着。

但是，没过多久，夏夜乃就退开一步，喃喃地说：“我该走了，还有人在等我。”

看着她走出教室，我才回过神来。我们什么都还没说啊！我不想让她就这样离开！

“等、等一下……呃，那个，要、要不要跟我去吃点什么？”

天啊，这是什么乱七八糟的邀请啊！我就不能说得更有技巧一点吗？

夏夜乃回过头来。

“……不行哟！我只能吃他给我的东西。”

此时的夏夜乃跟刚才抱住我的时候完全不同，她忿忿地丢出这句话，就从教室里走出去了。

◇　◇　◇

时光是有可能倒流的，她这样说着。

终究还是不可能吧！这可是违逆神之旨意的恶魔行径。但他还是决定去做了，他跟恶魔订下契约，把她从坟墓里带了回来。他把不可能化为可能，现在，她就在这里。

月光照耀的夜晚世界，她疯狂地舞着。

“她就是我，我就是她。”

——像是歌唱般说着，日复一日，她逐渐变成了另一个她。在她的体内，另一个她日渐茁壮，原本的她却慢慢消失。不是她的那个她，借着她的身体、她的声音，去笑、去歌唱、去爱。

她向他伸出手，对着他轻声细诉。

她对着自己体内的她，悲痛地恳求着。

求求你，不要再让他碰触了。不要再对他微笑了。不要再渴

求他了。

因为,“我”恨那个男人,憎恨到简直想杀死他。

◇ ◇ ◇

隔周的星期一,远子学姐一大早就气冲冲地跑来找我,“我已经叮咛你那么多次了,你星期五竟然还是爽约了！心叶!”

虽然我早就猜到远子学姐一定会来,但是没想到她竟然一大早就发动攻势,害我根本来不及逃走。

“那个……因为我的宿疾突然发作,打嗝打个不停,所以就去医院了。”

“我才没听说过心叶什么时候得了那种宿疾呢！我在等待心叶的期间,跑了三趟图书馆,把欧・亨利的短篇集、芥川龙之介的短篇集,还有星新一的极短篇故事集都看完了哟！(注 18)”

“为什么都是短篇啊?”

“为了在心叶来到之后可以立刻停止阅读,我才特地选了短篇集。可是,我却怎么等都等不到你。鲜花邱比特(注 19)又送来了超大的黑百合花束,而且我从图书馆回来后,还看到社团活动室的墙上贴着好大的纸张,用红色的笔写上了‘我回来了’……”远子学姐把今天送来信箱里的纸张拿给我看,“你看,今天的来信又更凶狠了,上面还沾了血迹耶!”

泛黄的纸张上洒了点点血迹,还用自来水笔写了“不祥的鸟”、“在墙壁涂上鲜血”、“巢中的细小骸骨”这些语句,我看了都觉得有些晕眩。

“而且，还有这些呢！”

撕碎的笔记本纸张上，并列着几串数字。

“5　16　43　4714”

“42　13　12　24　43　13　14”

“14　41　475　3　24　21　43　2　11　3　16　43”

——这些数字到底代表什么意义？虽然夏夜乃说过，提示是她的名字……

我一边看着纸张，一边回忆周末的事，突然感觉到旁边射来的视线。

一抬起头，我就发现肩膀上挂着书包的琴吹同学正在瞪着我。因为已经对上目光了，我只好对她笑了笑。结果，她就像受到惊吓似的睁大眼睛，然后就貌似不悦地转开脸。

唉，为什么她会这么讨厌我呢？

“心叶，你又是微笑又是叹气的是在干吗？还有，你在看哪里啊？”远子学姐用拇指和食指捏住我的鼻子。

很幸运的是，拯救我的上课钟声响起了。

“哎呀，真是的，我午休时间再来好了。不可以逃走喔！知道了吗？”远子学姐几次回头叮咛后，就走出去了。

“抱歉了，远子学姐。”午休时间一到，我就小声地道歉，迅速地跑到图书馆避难。

我记得远子学姐说过，“肚子饿的时候到图书馆真是有够痛苦的，眼前明明摆满了美食，却只能看不能吃”，所以逃到这里应该是最安全的。但是我一走进去，却看到琴吹同学坐在柜台里，实在很想当场掉头就走。

我的妈呀，今天是我的噩运之日吗？

她也是一注意到我，就立刻撅起嘴，丢给我一个白眼。

室内应该有开冷气，但是我却觉得非常闷热，甚至还像被蛇盯上的青蛙一样冷汗直流。我对她轻轻点了头，从柜台前面走过。

琴吹同学瞬间变得横眉竖目。在她开口攻击之前，我就加快脚步，朝着阅览区走去。

挑选座位时，我突然看到一个意想不到的人坐在窗边。

夏夜乃？不，不对。是雨宫同学……

她拿着一本硬皮封面的书，正翻着书页阅读。她低着头的白皙侧脸，就像冬天的湖面一样平静无波。

我轻手轻脚地走近雨宫同学身边。

“雨宫同学。”

她听到我的叫唤，猛然抬起头来。此时我无意间朝那本书扫视一眼，看见了封面内侧写了一些细小的数字。

雨宫同学慌张地把书合上，战战兢兢地缩起身体。从她怯懦的眼神，就看得出她不是夏夜乃，而是雨宫同学。吓到了内向的雨宫同学，让我有些愧疚，所以没有询问她正在做什么事，只是对她露出了开朗的笑容。

“你好，你还记得我吗？”

这么一问，她就把书本紧抱在胸前，点点头说：“你是……井上同学对吧？那天真是谢谢你了……”

夏夜乃所做的事，雨宫同学都没有记忆吗？还是她其实都知道，只是装作不记得？目前我还无法判断出来，所以决定不动声色地说："太好了，你还记得我的名字啊？我可以坐在你旁边吗？"

"……请坐。"

"谢谢。"

我坐在她的隔壁。虽然我在化学教室跟夏夜乃见面时，因为被不平常的情况所迷惑而没有注意到，但是现在仔细一看，雨宫同学比起我们送她去保健室时好像又更瘦了一点。肌肤已经白皙到有些泛青，手臂上的血管清楚浮现，她抱着书本的纤纤细指好像一折就会断掉似的。

"打扰你看书真不好意思。你在读什么书？"

"乔治·麦克唐纳的……《日之少年与夜之少女》。"

"喔，就是那个奇幻儿童文学作家吧？我也看过他的《北风的背后》(注 20)。"我说谎了。其实我只是在远子学姐一边大发评论一边吃书的时候，看过这本书的书名。

"那本书说的是什么故事呢？"

雨宫同学嗫嚅地说："……婴儿时期就被邪恶的巫婆抓去关在山洞里，只知道夜晚世界的女孩……和只知道白昼世界的男孩……相遇的故事……"

"喔，好像很有趣。我也想读读看。"

不知道能不能借此看看封面内侧的数字。

但是，她细瘦的肩膀不停颤抖，抱着书本的手也抓得更紧了。看到这种情形，我只好打消念头。

我若无其事地退后了一点，像在闲话家常一样说道："奇幻小说最棒了，像是《纳尼亚传奇》或《说不完的故事》(注 21)这类在异世界冒险的故事都充满梦想，让人读来兴奋不已。"

"……是啊！"雨宫同学轻启嘴唇。

“我也觉得可以去别的世界很棒……就像这本书的女主角……如果我也能去白昼的世界就好了……”雨宫同学仿佛在跟自己说话，用飘忽、哀伤且绝望的口吻说道。

跟夏夜乃相较之下，现在的雨宫同学显得更脆弱，我忍不住前倾上身，注视着雨宫同学白青色的脸庞和低垂的眼睛说：“那个……呃……雨宫同学，你是不是有什么烦恼？如果你愿意，可以跟我说说看啊！”

雨宫同学仰起头，凝视着我。

她眼中的神色并不像先前那般飘渺虚幻，而是几乎会把人吸进去似的，充满了深深的哀愁。

“井上同学真是个好人。你……最好不要再接近我了。”

“雨宫同学……”

雨宫同学仍然把书抱在胸前，迅速站起，对我点个头就离开了。

如果我也能去白昼的世界就好了……这句话依然在我的耳边缭绕。

雨宫同学拿的那本书好像已经很旧了，封面也褪色了。写在里面的细小数字——会是什么呢？

周六的晚上，夏夜乃也用抹布擦去墙上的数字。我想那些数字一定包含了某种重要的意义。

——提示就是我的名字，“夏夜乃”哟！

难道不只是夏夜乃，就连雨宫同学也懂那些数字？

雨宫同学又为什么会变成夏夜乃？

之所以会发生这种事，是因为怎样的契机？

雨宫同学跟黑崎先生一起住之前，也只是个会在午休时间一边跟朋友聊天一边吃饭的普通女孩。

那么，她又是为何不再吃东西了？

答案一定跟黑崎先生有关吧？把雨宫同学关在夜晚世界的邪恶巫婆，难道就是他？

——不行哟！我只能吃他给我的东西。

我也很在意夏夜乃说的这句话。

另外，雨宫同学说“最好不要再接近我了”，又是什么意思？

“啊，怎么想都想不出来啊！”

我把手肘靠在桌上，抱头兴叹。

一开始我只是想要帮流人的忙，但是如今，“夏夜乃”和“萤”的秘密已经夺走了我全部的心思。

一定是因为夏夜乃在化学教室跟我说过那些话的缘故吧！

——心叶，你知道怎样才能拿回失去的东西吗？

夏夜乃说那其实很简单，只要让时光倒流就好了。现实之中不可能会有这种事。

夏夜乃也有想要让时光倒流的往事吗？那么，她已经实现心愿了吗？如果真是如此，为什么夏夜乃每晚还是得在黑夜之中徘徊？

不行了。再怎么想还是陷在僵局里，只是让自己更加苦闷罢了。

午休时间就快结束了，我从座位上站起来。此时我突然感到一股杀气从柜台的方向飘来，转头一看，原来是琴吹同学板着脸在瞪我。

“我看见了喔！”

听到她责备似的话语，我顿时停下脚步，还差点摔倒了。

什、什么啊？干嘛这样看我？琴吹同学在生什么气啊？

“差劲透顶。”

啊？

我还搞不懂自己哪里差劲，为什么要被人家这样辱骂时，琴吹同学就咬着嘴唇别过头去，从柜台里走掉了。我只觉得丈二金刚摸不着头脑，呆呆地看着她离去。

我真搞不懂琴吹同学。

◇　◇　◇

她在十六岁生日那天，见到了怀念的人。

是当她还活在天堂般的世界时，对她付出毫无保留的爱情，非常温柔的那个人。那个人给了她一本旧书。

写在里面的是秘密文字。

那是会把寄托了“说不定”、“或许有一天”等等希望的未来，从活在黑暗世界里的她身上夺走，甚至让她落入绝望黑夜深渊的诅咒之语。

再也得不到救赎了。不能再抱着期望了。她已是戴罪之身。

她独自待在教室里，眺望着如同黑色颜料绘制而成，融入黑暗

中的景色，喃喃地说道："如果打开门就可以前往另一个世界，不知道该有多好。如果去了另一个世界，说不定我就能过着跟现在截然不同的生活了。"

如果能够遇见日之少年，说不定就可以再次回到令人怀念的地方。

◇　◇　◇

"心叶！"

看到拿着拖把的远子学姐突然出现在窗户另一边，把我吓得差点脚软。

现在是放学后的扫除时间，我正站在走廊上，拿着抹布擦窗子。

"你为什么会在我们教室啊？而且还拿着拖把……"我胆战心惊地问道。

远子学姐一手就拉开窗户，满脸怒气地说："因为心叶一直躲着我，所以我特地翘掉打扫工作跑来。听说你午休时间去图书馆搭讪女孩，这是怎么回事？"

"什么意思啊？"我睁大了眼睛。难道远子学姐指的是我跑去跟雨宫同学说话吗？我唯一想得到的只有这件事。但是，远子学姐怎么会知道？

"不要再装傻了，小七濑都告诉我了。"

"咦！"

此时，撅着嘴唇环抱双手的琴吹同学出现在远子学姐身边。“绝对不会错的，远子学姐。我看得一清二楚，井上一副色眯眯的样子跑去找女生说话。”

妈呀，是琴吹同学跑去跟远子学姐打小报告？而且，她们是什么时候变成了互称“小七濑”和“远子学姐”的关系啊？

“还不只是这样，井上之前也被女孩簇拥着跑去玩了。”

“喔，是这样吗？当我正在为文艺社的未来感到忧虑，一边苦苦等着心叶的时候，原来心叶已经跟女生去约会了？心叶原来是这种孩子？就算文艺社遭到猪群攻击，就算墙上被涂满了血，心叶也觉得不痛不痒吧？”

我急忙出言解释：“请等一下，这也扯得太远了吧？请别再幻想了，一切都是误会啊！我才没有跟女生跑去玩，也没去约会啦！”

“那你都跑到哪去了？”远子学姐好像更生气了，她以不满的眼神瞪着我。

“那、那是……”

“说不出来就是心里有鬼，远子学姐。”

“琴吹同学，我说你啊……”

“嗯，你说的一点都没错，小七濑。”

远子学姐和琴吹同学一起对我投以责备的视线，我终于忍不住逃走了。

“抱歉，我还有急事！”我把抹布硬塞给琴吹同学，迅速冲进教室，从座位旁一手抓住书包，就朝着走廊冲出去。

“啊！心叶！”

“太卑鄙了！”

听着两人怒骂的声音，我还是脚底抹油溜走了。

琴吹同学也真多事，不管再怎么看我不顺眼，也没必要专程去找远子学姐打小报告吧？唉，远子学姐一定气坏了。

我到先前的那家店里，满心忧虑地等着流人。没多久，就看到他带着一位七十岁左右的矮胖老妇人走了进来。看到流人体贴地为老妇人开门，她也一副高兴又害羞的模样，我不禁为之战栗。

难道这个老婆婆也是他搭讪来的吗？

流人以平常的态度走过来，对着瞠目结舌的我介绍那位女性，“嗨，心叶学长。这位是和田佳枝女士，是在萤家里工作的超级女管家哟！”

◇　◇　◇

再也无法继续压抑。

所以她写了信。

写给他，也写给另一个她，还写给司掌人类命运的某位崇高神祇。

她把秘密的文字写在笔记本上，撕碎之后丢入信箱。

请明白我的心情。

请倾听我的声音。

请实现我的心愿。

“好恐怖”

“好痛苦”

“幽灵”

“别过来”

“42　43　7　14　16　41　1　43　16　43”

“46　15　44　6　41　32　36　7　14”

“14　41　475　3　24　21　43　2　11　3　16　43”

◇　◇　◇

我打开化学教室的门，看到夏夜乃坐在耐热桌上，对着窗户眺望笼罩在黑暗中的景色。

她低垂的寂寥眼神，又让我想起午休时间在图书馆碰到的雨宫同学。

“今天，我跟一个认识你的人见了面哟！”我这么说着，她则是转过头来，静静地望着我。

“女管家和田女士，跟我说了很多关于‘你们’的事。”

流人带来的和田佳枝女士，是在雨宫家待了很多年的女管家。从雨宫同学的父亲还是小孩的时候，她就在那间屋子里工作了。

“是吗……我想她一定不会说我什么好话吧！”夏夜乃淡淡地说，“和田一定是说我什么事都丢给她做，自己整天只会跑出去吧……或是说我又蛮横又任性，只要一发起脾气，就会摔破碗盘，拉开嗓子破口大骂对吧……就算你不说我也知道，她会在我背后偷偷地说‘太太又在发布台风警报了’。她一定是说高志先生很有绅士风度又很温柔，妹妹玲子小姐也是又优雅又可爱，两个人都很亲切很好相处，房子又大又豪华，每天的伙食也很好吃，简直就像住在天堂……明明就没有半点让人感到不满的理由，但是‘我’为什么还是非得发脾气不可……”

高志先生是夏夜乃的丈夫，玲子小姐则是高志先生的妹妹。对雨宫同学而言，就是她的父亲和姑妈。

和田女士说过“先生虽然有点懦弱，不过个性很稳重，又很温柔”，还说他深爱着自己的太太，爱到简直连她走过的地面都想要崇拜似的，而两人的女儿萤小姐也是非常可爱……

她还说：“太太也很疼爱女儿，只有对萤小姐不会发脾气，也常常带着萤小姐回娘家。其实太太的双亲很早就过世了，那个房子也早就没有人住了。所以先生总是对太太说两个女子住在那么大的屋子里很危险，劝她不要经常回去。”

她又说：“太太可能是因为太想念自己成长的家庭吧，她在生病过世之前，一直吵着要回家要回家，让先生伤透了脑筋。”

当我问和田女士，那么雨宫太太娘家的房子现在怎么样了，她就像是听到了什么不吉利的事情，低声告诉我：“萤小姐和黑崎先生现在住的地方，就是太太的娘家。”

她还说：“太太死了之后，那间屋子就重新装潢租给别人。黑崎先生还是特地把那些人赶走才住进去的。那么大的屋子，只有两个人住根本就很不方便吧？他到底是在想什么呢……”和田女士很不能接受地皱起了眉头。

我也觉得很难理解。为什么黑崎先生要把雨宫同学原先住的房子卖掉，特地搬进那么大的豪宅？而且那间屋子还是夏夜乃的老家，难道这只是巧合？

她又说：“我一开始就不太相信黑崎先生那个人。从玲子小姐第一次带那个人回家开始，我就不怎么喜欢他。那个人外表看起来虽然好像是个诚实可靠的绅士，但是他的用餐习惯实在有点奇怪。吃猪排的时候，从不加上调味的柠檬，就直接用手抓起来咬，吃完后还会舔自己的手指。怎么看都不像是在有教养的家庭里成长的绅士。

“黑崎先生的眼睛似乎不太好，所以总是戴着浅色的墨镜。但是我有时看见他藏在墨镜下的眼睛，就会有种让人毛骨悚然的感觉……该怎么说呢，就好像嘴巴明明在笑，眼睛却没有笑意……或是饥饿的猛兽正虎视眈眈地盯着猎物的感觉……总之就是不祥的眼神。

“先生好像很反对玲子小姐跟黑崎先生结婚。但是玲子小姐非常迷恋黑崎先生，还说如果先生不允许，就要跟他私奔，所以先生最后只好答应。没想到后来竟然发生那种事……

“太可怜了……萤小姐的财产全都被那个人控制住，可以保护她的亲戚也都不在了，就这样独自一人过下去。”

“和田也很疼爱萤。好像把她当作亲生的孙女一样，非常照顾她。‘就算在我死后’也一直如此……”夏夜乃低头看着自己的脚尖，轻轻地说着。

“看来真是这样，和田女士也很关心雨宫同学哟！她说去年秋天——雨宫同学十六岁那年的生日曾跟她见过面。她看到雨宫同学简直瘦到不成人形，担心得不得了。”

“……”

“她说她在当时把你托付给她的某样东西交给了雨宫同学。”

“因为封住了，所以看不出里面是什么东西，大概是这么大的箱子吧！”和田女士这么说着，就用双手比出笔记本大小的尺寸。

“太太过世前嘱咐过我，要等到萤小姐十六岁的时候才能给她，要我先好好保管。”

“‘你’叫和田女士转交给雨宫同学的是什么东西？”

夏夜乃瘦弱的肩膀开始发抖，好像在忍耐什么似的，紧紧抱住自己的身体。

“……那是秘密。”她的声音很不寻常地颤抖着，“不可以告诉别人。”

她的姿势、表情、纤细的指头、白皙的脚，全部虚幻得仿佛随时会消失……因此我不由自主地叫出：“雨宫同学？”

雨宫同学突然仰起脸来，然后就出现了夏夜乃的笑容。

骄傲且志得意满的微笑。

“不，我是夏夜乃。因为，萤对谁来说都是不必要的。但是，这已经不重要了。无论如何，夏夜乃和萤都即将消失……”

“这是什么意思？”

夏夜乃突然转变成哀伤的脸色，她跳下桌子，喃喃地说：“因为我要跟这个世界告别了。你想，灵魂的一半已经因为罪过而落入地狱，剩下的另一半还需要继续留着吗？怎么可以只有一半获救而进入天堂呢？”

我不明白她说这些话是什么意思。她至今所说过的话，此时全在我的脑海里转个不停，我觉得越来越混乱了。

如今，我应该朝她走去，向她问个清楚才是。

你为什么感到痛苦？你真正的希望是什么？你为什么想要回到过去？雨宫萤又为什么非得变成九条夏夜乃不可？

还有，“他”到底是谁？

但是，我的嘴和双脚都僵硬得无法动弹。如果现在不问她，说不定再也没有机会见面了。我到底在犹豫什么啊！

她摇曳着一头轻柔的栗色长发，从我面前走过去。

我又闻到了那个味道。那是不知曾在哪里闻过，让人感到不安的清洁香味。

就像是目送着幻影经过，我没有开口说话，就这样呆立原地，看着她离去。

第四章

过去的亡灵

期末考的第一天，我睡过头了。

考试前一晚，我一直想着在化学教室里发生的事，根本就没办法静下心来读书。

后来想得累了，就直接趴在桌上休息，结果醒来一看时间，都已经是早上了。

“远子学姐有来吗？”我一路狂奔到教室，上气不接下气地对芥川问道。

“她只留下那个。”芥川指着我的桌子回答。

我低头一看，自己的桌上放了一本夏目漱石的《我是猫》。

战战兢兢地翻开书本，我就发现里面夹了一张浅紫色的书签，上面还用签字笔大大地写着“心叶人笨蛋！”这几个字。

此般毫不讲究词汇和语法，完全不像出自文学少女手笔的直率唾骂，让我看得哭笑不得。啊，这人为什么老是做些孩子般的行为？看来远子学姐一定是真的动了肝火吧……

琴吹同学还是一样不时地瞪着我，我的麻烦真是没完没了。

“放心啦！远子姐是很单纯的，两三天过后，她就好了啦！”惨烈的期末考首日结束后，我又去了那间快餐店。流人喝着可乐，毫不在意地对我说。

“不，远子学姐是很顽固的，一定会像跟吉尔伯特做出绝交宣言的红发安妮（注22）一样毫不留情的。”

“喔，没想到你还挺了解远子姐的嘛，心叶学长。”流人以事不关己的模样笑嘻嘻地说，令我一时涌起心头火。

“我一直都很想说，这些事原本就是因你而起的吧？你为什么非得把我卷进来不可？”

“因为心叶学长刚好跟萤读同一间学校啊！”

我紧盯着一脸轻松的流人说：“不只是因为这个理由吧？我这几天一直在观察你，就有了这种疑惑。你的行动力很强，口才又好，脑袋也很灵光。你跟我不一样，如果是你，一定能够胜任侦探小说主角的工作。所以，你根本就不需要我的帮忙吧？但是你又刻意拉我进来，到底是为什么？不会是为了保持你身为侦探的神秘色彩，所以才要找一个人来扮演愚蠢的华生（注23）吧？”

流人耸耸肩膀苦笑着说：“我还不至于那么恶劣啦……我只是很想知道，远子姐的作家是怎样的人罢了。”

我的脸霎时热了起来。我是远子学姐的作家？什么跟什么啊？

“那是什么意思？”我隐藏着内心的动摇问道。流人就撑着脸颊，凝神地注视着我。

“就是那个意思。我想要知道心叶学长的事。当远子姐对你说‘心叶你闭嘴’的时候，我才发现你就是远子姐经常提起的那个‘心叶学弟’。因为远子姐跟我说过很多关于你的事，所以我对你一直很好奇。自从那次见过面后，我就更在意了……所以后来才会跑去你们学校找你。会拜托你帮忙调查萤的事，其实也只是想要认识心叶学长的借口罢了。”

“你该不会是喜欢男生吧？这听起来简直就像泡妞的说辞。”

流人那张很有男子气概的脸上，漾开了孩童般无忧无虑的笑容，“才没有呢，我最喜欢女孩子了。”

“我只是远子学姐的跑腿，负责帮她写点心而已。当她啪嗒啪嗒地吃着我写的三词语命题故事时，还会一边肆无忌惮地批评味道平淡啦，咸度不够啦，还是结构太杂乱，口感一点都不柔和，有时还会大喊‘好辣’，然后又叫又跳，一直吵着说要吃艾肯的故事来换换口味耶！结果她竟然说我是作家……”

突然间，美羽那种锐利如箭的目光突然浮现在我的脑海，让我的心揪了起来。

顿时传来的激烈刺痛，令我忍不住咬紧牙关。

不行！我不想再有那种感觉了。我绝对不要再次成为作家。

“算了，无所谓啦……结论就等到将来再说吧！我也还没有看过心叶学长写的作品呢！”

流人以含蓄的口气说完，就咬着吸管喝起可乐。

我做了几次深呼吸，让自己的心情稳定下来，然后从书包里掏出远子学姐留下的纸张，放在桌上。

“……言归正传，这些就是放进我们信箱的纸张。虽然有些沾了血迹，有些还有烧焦的痕迹，但是我觉得很可能都是雨宫同学写的，所以都拿过来了。”

流人看着那些写了“憎恨”、“幽灵”的纸片，也忍不住皱起眉头。他抓起一张张的纸片仔细看着，当他看见写了“43　31”的纸片时，好像有些讶异地眯细了眼睛。

“这个数字是什么意思？”

“我也不太清楚。不过远子学姐说是‘死神(43)降临，杀到一个也不剩(31)’的意思。”

“这……还真是有趣的猜测呢！”流人露出了苦笑。

“算了，我们直接问她本人吧！”

“啊？”

我还搞不清楚状况，流人就抬起头来，笑着说：“你来啦，萤。”

我愕然地转过头去，雨宫同学正带着一脸的迷惑站在我后面。

流人站起身来，搂着雨宫同学的肩膀走回座位，然后就硬拉着她坐在自己隔壁的椅子上。

“为什么……井上同学也在这里？”雨宫同学看着我，像是呓语似的小声问道。

我在化学教室跟夏夜乃见面的事，还有在图书馆跟雨宫同学说话的事，我都没有告诉流人，所以我现在简直是手足无措，不知该以怎样的表情面对她。

流人脸上还是带着笑容，以轻松的口气回答：“因为我们交情很好啊！对吧，心叶学长？”

“……我跟流人是最近才认识的。没有事先告诉你真是抱歉，我并不是想要隐瞒，只是还没有机会告诉你。”

雨宫同学听了就低下头去。

“总之你先吃点东西吧，萤。”

“……对不起，我已经饱了。”

“不可能吧？我今天一定要让你吃点东西。晴美小姐，我要点鸡肉色拉、玉米浓汤，还有法国吐司。”流人向服务生小姐点了好几道菜。雨宫同学纤细的手指在裙子上交握，蹙起眉头，一脸哀伤地缩起身子。

“对了，萤，把这个丢进文艺社信箱的人就是你吧？”流人拿起写了“救救我”的纸条给雨宫同学看，她稍微仰起脸庞，露出泫然欲泣的眼神，然后又低下头去。

“……我不知道。”

“你用那样的表情否认，谁会相信啊！这就是你写的吧？你是因为听我说了信箱的事，所以才跑去看，然后就每晚投信吧？我问你，为什么你要做这种事？你希望有人听你说话吗？你希望有人能救你吗？既然如此，那就跟我说啊！我一定会帮助你的。你到底在烦恼什么事？我们第一次见面的那个晚上，你又为什么会穿着老旧的水手服，在雨中荡秋千呢？”流人一连问了好几个问题。

“难道，这一切都跟你的监护人有关？”

雨宫同学的肩膀剧烈地晃动起来。看到她依旧低垂着脸，紧紧咬着下唇的模样，我也开始难过起来。

“我是不是该回避一下比较好？”

我这么一问，雨宫同学就摇摇头说：“不用了……井上同学继续坐吧！我……我要回家了。”

然后，她累积了深邃忧郁的美丽眼睛望向流人，“谢谢你跟我交往到现在，流人。我今天是为了跟你道别而来的。这是我们最后一次见面了。”

流人一听睁大了眼睛，焦急地逼近了雨宫同学，“你在说什么啊！为什么突然说这种话？难道是你的监护人说了什么吗？跟踪我的那个戴墨镜的男人，就是你的姑丈吧？我会被流氓盯上，也是因为他的缘故吧？是不是这样啊？萤！”

雨宫同学用十分微弱的声音说道：“……流人就跟我以前交往过的男友一样……如果你不愿意分手……以后会更麻烦的……”

“这是什么意思？”

“……对不起。”

雨宫同学提着书包站起来的时候，餐点刚好送过来。流人拉着雨宫同学的手，让她坐回座位。

“吃吧！如果你把这些食物吃得一点也不剩，那我就认真考虑分手的事。”

流人流露出愤怒的神情，雨宫同学虽然用哭丧的表情回望着他，却还是乖乖地低下头，拿起汤匙。

她戒慎恐惧地望着冒出芳香热气的玉米浓汤，全身变得僵硬，颤抖的手握着汤匙逐渐靠近。

银色汤匙伸入金黄色浓汤的瞬间，雨宫同学拿着汤匙的手顿时握得更用力。如果不这样，汤匙一定会从她的手中滑落吧！

然后她稍微迟疑了一下，但终究还是下定决心，举起汤匙，把浓汤送入口中。

此时突然发生了异状，雨宫同学就像吃了什么急性发作的毒药，她掩住了嘴，从椅子上跌落，倒在地上缩成一团。她拿在手上的汤匙也掉落在地，发出清脆的声响。

雨宫同学的手依然捂着嘴，睁开眼睛，接着就全身抽搐。

“喂，萤！”流人也赶紧离座，跪在地上把雨宫同学抱起来，“你要去厕所吗？”

雨宫同学摇摇头，回答“没关系，不用了”，接着她突然转头看着店里某个方向，眼睛就睁得更大了。

“……！”她的脸上出现了十足的惊恐表情。

雨宫同学突然推开流人，抓起自己的书包。

“对不起，我一定要回去了。对不起，对不起……”她脸色泛青，不停地道歉，然后就往门口跑去。

流人跟着追过去。我也站了起来，追上他们两人。

雨宫同学还没跑出店门，就被流人一把抓住肩膀，“因为我勉强你吃东西，所以你生气了吗？是我不好，对不起。你好像不太好，我送你回家吧！”

“不行！”雨宫同学以虚弱的声音叫道，又伸手推开流人。她的模样焦急不已，就像是恨不得可以早一秒离开这里。

“不要再跟我扯上关系了。再见。”雨宫同学说完，就跑出了店门。

“混账……”流人回到座位上，双手抱头靠在桌上。

“我好像失败了，心叶学长……我不是故意把她逼得那么紧的……”

他意志消沉地缩着又高又壮硕的身体。看着这样的流人，让我不由得感到他毕竟只是个高中生。

我行我素、很受女生欢迎、又果断又有行动力，简直就像侦探小说主角一样坚强的他，还是有做不到的事，也还是会有失落的时候。

我感觉这样的他比从前更贴近我了。

“打起精神来吧，流人。你对雨宫同学的关心，她一定会理解的。我明天到学校再帮你跟雨宫同学说说看吧！”

“那就麻烦你了……”流人这么回答着，还是继续把脸靠在桌上好一阵子。

雨宫同学推开流人之前流露出来的惊恐神情，让我非常在意。

雨宫同学到底看见了什么？她当时的确往那方向望了一眼……

我想起了她当时的视线，也随意往那方向看了一下。那边放了一盆花，后面还有一张桌子。桌上摆着一个咖啡杯，但是位子已经空了。

好像没什么特别奇怪的地方吧……我做出这个结论之后，才松了一口气。

那个咖啡杯还冒着热气。里面还有咖啡，而且好像才刚送过去不久。

我再度凝神观望。桌上和椅子上都没有放置任何随身物品。

看来，坐在那个位置上的人好像完全没喝过那杯温热的咖啡就离开店里了。

◇　◇　◇

来订立规则吧——他这么说。

从今以后，你除了我给的东西，其他食物一律不能吃。

第一天，她吃了学校里面的营养午餐。因为没有被允许吃早餐，所以她饥肠辘辘，不停流口水，实在是撑不下去。而且，如果只有自己不吃午餐也太奇怪了，所以她还是吃了。

他惩罚了她，把她关在地下室并且上了锁，连续三天不给她东西吃。

在紧紧锁上的门内，她抱着空荡荡的肚子，拼命忍受着像是刮磨胃壁般的饥饿和口渴。她得靠着地下室里冲水马桶水箱储蓄的水，才能维持生命。

第四天早晨，他打开门，为她送来食物。他亲手喂她喝了香甜的蔬菜汤，还有包了栗子的蒸糕。

后来，她在学校喝了三口营养午餐的浓汤，吃了半个奶油餐包那次，他也对她兴师问罪，又将她关在地下室，连续三天没打开门。

她因过度饥饿而意识模糊，在昏暗的房里，她似乎见到了死神的幻影，还听见了怨恨的哭声。

——他要杀掉我们了。

——他是来复仇的。

——他是恶魔。

他发现她虚弱地倒在地上，就把她抱起来，喂她吃了加入白肉鱼和各种蔬菜熬成的粥，还用银色的汤匙喂她用糖煮过的苹果和柳橙。

就算只是偷吃了一小块饼干碎片，他也绝不轻易饶恕。

他以平淡而冷静的口气，指责她吃了朋友递给她的食物。她哭着乞求原谅，他仍然拖着她的手，把她带到地下室，锁上门。

她在里面过了五天。喉咙渴得几乎像是火在烧灼，胃部好像被一只无形的魔掌用力揉捏，令她感到难耐的疼痛。她出现耳鸣，出现幻听，仿佛还看见白色的鬼火在四周飞舞。她连哭都哭不出来了。

——对不起，以后除了你给我的食物，我绝对不会再吃其他东西了。

——对不起，对不起。我绝对不会再偷吃了，我发誓。对不起。

对，绝对不能再偷吃了。

在这个世界上，只有他能够满足她空虚的胃。

她经常感觉得到他的视线。

走廊上、教室里、中庭、楼梯，他一直都在监视她。

墙壁也似乎会浮现出无数张他的脸，以燃烧着青色火焰的眼睛——充满愤恨的眼睛——责备着她。

绝对不能偷吃。绝对不能偷吃。

在熙熙攘攘的街道上、在阳光灿烂的公园里、在情侣聚集的电影院里，她只要一回头，都会发现他就站在那里。擦身而过的人都变成了他，在公园里面游玩的孩子、坐在长椅上聊天的情侣、在电影院屏幕上出现的演员，全都变成了他的脸。

摘下了浅色墨镜，凝视着她的他。

带着灼热的怒意和冰冷的疯狂，像鬼火一样摇曳着的眼神。

他在看着。他正朝这里看着。他睁大了眼睛在看这里。他在看着。持续地看着。他在看着。他在看着。他在看着……

◇　◇　◇

隔天早上，我去雨宫同学的教室找她，却发现她请假了。

我无可奈何，只好走回自己的教室，结果一到教室附近，就看见远子学姐和琴吹同学站在走廊上窃窃私语。

“好，那就放学后见了。”

“谢谢你了，小七濑，我安心多了。”

“不用这么客气啦，可以帮上远子学姐的忙，我也很高兴啊！”

发现我的琴吹同学又竖起眉毛瞪着我。远子学姐也转过头来看我。

我无计可施，只好对她们露出微笑。如果远子学姐的心情已经恢复了就好。但是这种投机的期待，比远子学姐硬塞给我、超级甜蜜的禾林出版社（注 24）系列罗曼史《沙漠新娘》里面那位阿拉伯王子还要天真。

远子学姐用右手食指按在眼下，吐出粉红色的舌头，对我扮了个鬼脸。

她只丢下一句“放学后再见啰，小七濑”，然后就甩着两条细长的辫子走掉了。

我都已经是高中生了，竟然还会在走廊上看到女生对我扮鬼脸！我一边压抑着内心的冲击，一边笑着对琴吹同学说：“你放学后要跟远子学姐做什么啊？”

琴吹同学被我一问就扭过脸去。

“我才不告诉井上呢！这跟你一点关系都没有。”她以无比刻薄的语气回答，然后就丢下我走回教室了。

可恶，我好想知道啊！她们两个放学后到底想要干嘛啊！

打扫工作结束后，我环视教室一周，发现琴吹同学已经不见了。

“请问你知道琴吹同学去哪里了吗?”我问琴吹同学的朋友。

“不知道耶,现在还是考试期间,应该不需要去图书馆值班啊!”

“她急急忙忙跑出去了,或许是去约会吧?因为七濑很受欢迎嘛!”得到的都是诸如此类的臆测答案。

我抱着姑且一试的想法去了社团活动室,那里果然空无一人,只有焦褐色的桌上留下了一些散乱的纸片。其中有从笔记本上撕下来的纸张,还有以前收到的奇怪泛黄纸张、有烧焦痕迹的纸张,还有沾了血迹的纸张……

大量的纸张旁边,还有一大束插在大烧杯里的黑百合,以前的学生名册、学生文集、校刊,还有各式各样印了奇怪店名的面巾纸。

学生名册、学生文集和校刊的年代,都是夏夜乃在本校就读的那两年。她们一定是在调查雨宫同学口中的九条夏夜乃这个人吧!

名册上还放了一张稿纸,上面用签字笔大大写上:“我再也不管心叶了,我要用自己的方法去调查。By 远子”

看到这张纸,我不禁感到愕然。

唉……远子学姐果然气炸了。虽然我有自己的苦衷,不过什么都不告诉她就爽约了那么多次,可能真的太过分了。

我从书包里拿出远子学姐昨天留在我桌上的《我是猫》,放在桌上。然后,就在写了“我再也不管心叶了”那张稿纸旁,用自动铅笔写了一行小小的“对不起”。

如果远子学姐看到这些字会息怒就太好了……话说回来,红发安妮到底是漠视了吉尔伯特几年啊?

结果,我还是不知道远子学姐和琴吹同学去了哪里,所以我只好去找那位仿佛无所不知的人。

“哎呀，你是第一次自己来找我吧？”正在画室里对着画布作画的麻贵学姐，停下了绘画的手，笑着对我说。

“难道你被远子丢下不管了吗？”

我对这位好像什么都看得透的学姐有些头痛。

她在学校里一向被大家誉为“公主”，这种尊贵的待遇并非只是因为她的血统或是人脉，而是因为她是个难以应付的狠角色。

我拿出营业用的笑容，对着她请求：“既然知道，就请你告诉我吧，麻贵学姐为远子学姐提供了什么情报，对吧？我知道远子学姐正在调查九条夏夜乃的事。我们那位社长把我班上的同学也扯进去，到底打算做什么？”

麻贵学姐仿佛很开心地对我说：“如果我告诉你，你要给我什么好处？如你所说，我是给了远子一些情报，但是她也乖乖地付了报酬给我哟！”

报、报酬……不会吧！我紧张地吞了一口口水。

“真的画了吗？远子学姐的裸体画？”

我忍不住往那张画布瞄了一眼，上面画的是以黑色和绿色为基调，给人一种阴暗印象的风景画。地点应该是在外国吧？夜里荒凉的山丘上，只有晚风吹拂着草木。我四处张望，都没有看到像是远子学姐裸体画的东西。

“呵，你说呢？不过你这么一说倒是提醒我了，你也挺有可看性的嘛！”麻贵学姐以怂恿的语气说着，“那你呢，心叶？你要不要也脱了？如果你肯脱，我一定把你画得十分唯美，就当作青春的纪念如何？”

“如果是裸体就免了。但是，如果麻贵学姐愿意告诉我远子学姐的行踪，我就答应不把麻贵学姐对远子学姐做的事说出去。”

“喔？我做了什么？”麻贵学姐故作轻松地问着，我则是以沉着的口吻回答她：“幽灵出现的骚动，是麻贵学姐搞的吧？我和远子学姐在中庭埋伏的时候，也是麻贵学姐让校舍的灯光一闪一闪，还用音响播放了拍击声和女人的啜泣声吧？还有，送黑百合花束和幸运信给远子学姐，又把沾上血迹的纸张放进我们信箱，这些事不都是麻贵学姐做的吗？”

麻贵学姐放下画笔，双手抱胸，上上下下地打量我，“唔……你有证据吗？”

“看到这种大手笔，随便猜就猜得到了。如果只是普通的高中生恶作剧，特地去买那么大一束黑百合未免太浪费了。至于操作校舍灯光这一点，对于身为理事长孙女的麻贵学姐来说，应该是轻而易举的吧！最重要的一点就是，戏弄远子学姐能得到好处的，就只有麻贵学姐一个人。”

“我会有什么好处？”

“麻贵学姐光是看到远子学姐那种害怕的模样，就觉得很高兴吧？正是因为抱着这种心情，才要铆足了劲替纸张加上焦痕或是血迹吧？再说，远子学姐为了找出幽灵的真面目，说不定还会来拜托麻贵学姐提供情报。这么一来，麻贵学姐就可以向远子学姐提出要求，达成自己的心愿。而事实上你也这么做了吧！”

麻贵学姐的脸上还是保持着笑容。

“然后呢？”

“如果远子学姐知道了，一定会抓狂的。”

“如果我告诉你远子的行踪，你会保密吧？”

“是的。”

“很可惜，看来你的如意算盘打错了。”

我听到麻贵学姐这么说，不禁错愕地发出“咦”的一声。

麻贵学姐就像看着愚蠢猴子的释迦牟尼，表情轻松地说：“就算你对远子说出这件事也无所谓。”

“什么……远子学姐可是会气得头顶冒烟哟！说不定会记恨一辈子，就此跟你绝交哟！那个人可是会在学校走廊上对人家扮鬼脸，个性就像小孩子一样呢！”

“听起来挺不错的，我也想让远子气鼓鼓地瞪着，或是看她对我扮鬼脸。她生气的模样，也可爱得让人好想拓印下来保存呢！你难道没有欺负过自己喜欢的女生吗，心叶？一想到远子会恨我一辈子，我简直要兴奋得难以自持呢！”

我不由得大惊失色，同时也感到无力。

真糟糕，麻贵学姐的嗜好竟然跟流人一样。对付这种人，用我们这种小老百姓的理论是行不通的。

麻贵学姐看到我垂头丧气的模样，笑嘻嘻地说：“你想威胁我还早了一百年呢，心叶学弟。”

“我已经有惨痛的体会了。”

“不过呢，看在你胆识过人的份上，我就告诉你一件事吧！远子去见艾伦·迪恩了。”

艾伦·迪恩？这是我从来没听过的名字，是外国人吗？

我还一头雾水，麻贵学姐就快活地说：“好了，我还有事要忙，请你快点离开吧！最近要做的事太多，我都快要胃痛了。我那了不起的爷爷可是非常啰唆，就连人家的兴趣都要管东管西的，真是拿他没办法。别看我这样，我也是很纤细敏感的。”

艾伦·迪恩到底是谁啊？跟九条夏夜乃有关系吗？

远子学姐去见了那个人吗？但是，为什么要带琴吹同学一起去？

我一边思考一边漫步出校门，流人突然气急败坏地冲了过来对我说："我等好久都没看到人，所以干脆跑来学校。心叶学长都不带手机的吗？远子姐也一样，你们都太跟不上时代了吧！"

"吓我一跳……"

"萤现在如何？"流人一脸认真地问着。

"今天雨宫同学请假了，所以我没有看到她。"

"她身体不舒服吗？"

"我问过雨宫同学班上的人，不过大家都不太清楚。"

"……说不定又是饿过头而昏倒吧？"

"如果真是如此，她的姑丈应该也会送她去医院吧！"

"天晓得。姑丈原本就是没有血缘关系的人啊！"

流人好像非常焦急，他皱紧眉头，焦躁地咬着指甲，然后突然抬起头来对我说："我们去她家看看吧，心叶学长。"

◇　◇　◇

游戏开始啰，他这么说。

在阳光绝对无法照入的凄冷房间，他在烛光的映照下，缓缓地扬起嘴角。

"以后，只要在这个房里，你就要叫我——"

他跟她说的，是一个已经死去男人的名字。那是绝对不能说出口的秘密名字。然后他又指示她："而我要叫你——"

"我不是——"

"不，你就是——"

"不是的，我是——"

"——是不会用那种害怕的眼光看我的，也不会使用那种卑微的词汇，不会像这样恐惧退却，被我碰触时不会像这样畏畏缩缩，声音也不会像在哀求一样发抖。不是这样的——是不会这样笑的。再一次，不对，这样还是跟那个胆小的丫头没两样。不行，如果没办法做出——那样的笑容，我就不给你饭吃。我只会为——准备食物，如果是'你'就没东西吃。来吧，换上这件衣服吧——是不会穿绿色衣服的。"

这是让时光倒流，令死者重生的仪式。

在没有窗户的灰色房间里，她每一夜都等待着他的到来。

她会屏息倾听他慢慢走下楼梯的脚步声，然后成为他所期望的她，用他期望的表情、他期望的态度、他期望的声音去迎接他。

只有蜡烛摇曳的微弱光芒，照亮了双手抱住他脖子的她白皙的脸庞。

阳光是到不了这里的，因为这里是冰冷的坟墓，而自己是幽灵，她这么想着。如果不是在夜晚，幽灵就无法存在。所以白天的我是死的，只有在夜晚的世界里，我才是活生生的存在着。

灰黑斑驳的墙壁，出现了好几张她的脸。

她看着她笑着。

她握着笔，在她的脸上和墙壁上写下文字。

像是要把在心中兴起滔天巨浪的话语从喉咙里吐出来，无论是早晨、中午、晚上，她都持续写着。

但是，绝对不能告诉他这些话。也绝对不能让他翻开那本旧书。

◇　◇　◇

雨宫同学的家，是盖在高地上的西式建筑。

我们爬上了漫长寂寥的坡道，终于来到门口，从门前往里面望去，可以看见庭内郁郁葱葱的草木。此时天空布满乌云，又开始刮起风，树叶沙沙摇摆的景象就跟恐怖片一样令人害怕。

“我说啊，我们这样突然拜访不会给雨宫同学带来麻烦吗？而且，她的家人可能也在……”

“黑崎这种时间都是待在公司啦！而且，他好像也很少回到这个房子，所以用不着担心。我以前曾来过两三次，每次来都感觉里面没有其他人。”

“可是，如果雨宫同学是因为生病而请假，现在说不定还在睡呢？”

老实说，我还真不想奉陪。昨天雨宫同学都已经提出分手了，如果现在冲进她家，不是会把她逼得更紧吗？我认为，某些人在难过的时候是会想要独处的……

“那我先打个电话看看。”流人从口袋里拿出手机，上面还挂着一个可爱小兔子的手机吊饰，真不知是谁的喜好。

雨宫同学好像很快就接听了，流人看来总算放下心中大石，说道：“是我啦……我听说你今天请假，所以就来看你……喂？萤？萤？”

怎么了？流人突然脸色大变，不停呼唤雨宫同学。

可能是雨宫同学把电话挂断了，流人焦虑地说：“不太对劲。她的语气很激动，好像还在哭。”

这时，门里传来玻璃破裂的声音。流人往门口冲了过去，我也跟在他的身后跑去。庭院外的拱形大门并没有上锁，一下子就打开了。

又听见了玻璃破碎的声音。这次比刚才还清晰。

我往庭院的方向一看，一楼房间的窗户已经破了。破裂窗户的后方，有个举着细长棒子的人影一闪而逝。

玄关的门也没有锁上，所以我们直接走进房子。刺耳的玻璃破裂声持续传来，流人鞋子也没脱就冲过去，我也拼命地追着他。

通过长长的走廊后，流人打开房间门。结果，我们的眼前出现了一副令人难以置信的景象。

面对阳台的落地窗已经变得粉碎，置物柜和书柜的玻璃也全都破了，薄地毯上撒满了像沙粒一样的透明碎片。撕裂的窗帘被窗外吹进来的强风高高卷起，像是遇难的船帆一样猛烈飘舞。书架里面看来很昂贵的精装书，也全被扫落在地。

挂在墙上的画框也裂开了，好像随时要掉落似的倾斜着。鹿角的装饰品也折断了，凄惨地滚在地上，被割裂的沙发露出了里面的填充物。摆在边桌上的餐具全都碎了，就连桌子好像也到处都有凹痕。

在这之中，只穿了一件白色睡衣的雨宫同学手上还挥舞着高尔夫球杆，敲打破坏着房里所有的东西。

她用力咬着嘴唇，咬得几乎流血，仿佛有火焰燃烧着的眼中滚落了泪滴，像枯木一样的纤细手腕举起球杆，继续敲打着时钟和液晶电视。

她这模样让我看得全身起鸡皮疙瘩。

雨宫同学？

夏夜乃？

不，应该是雨宫同学吧！

雨宫同学的双手、双脚，还有脸颊上都鲜血淋漓，大概是被飞散的玻璃碎片划伤的吧！但是，她对此毫不在意，还是咬牙切齿地挥着高尔夫球杆，往一尊身穿传统礼服的陶瓷人偶打去。人偶的头顿时断裂飞开！她还像在敲西瓜一样，继续敲打剩下的身体，把陶瓷人偶打得粉碎。

地上已经躺着两根断裂的高尔夫球杆了。

“住手！萤！”流人从雨宫同学身后抱住她，抢过高尔夫球杆丢到一旁。

雨宫同学像猫一样，粗暴地抓着流人的脸。

“放开我！”

“你怎么了，萤！发生什么事了？”

雨宫同学目露凶光，声嘶力竭地大喊：“给我滚！不要过来！你早就已经死了！别过来！给我滚出去！你为什么还要回来！你的身体早就不在这里了，这是我的身体！给我消失！快走开！不要再出现了！”

流人的胸口贴在雨宫同学背后，紧紧抱住她。

“冷静一点，萤，我是流人啊！你明白吧，萤？”

“萤？没错，是萤，我是萤喔，我才不是夏夜乃！我才不是妈妈！”

“是啊，没错，你是萤。我可以保证，你就是萤！雨宫萤！”

雨宫同学激烈地摇头：“不是，不是的，我是夏夜乃。夏夜乃得弥补自己犯下的罪过，夏夜乃把一切都毁坏了，夏夜乃把那个人的心打碎了……太可怜了……他明明那样深爱着夏夜乃……不是，不是的，不是这样的！破坏一切的……应该是那个人。是他夺走我的一切，是他让我变成幽灵的！他夺走了我的白天，夺走了我的阳光，把我关在夜晚的世界里。爸爸和玲子姑妈，也都是那个人杀死的！”雨宫同学露出恐惧的表情，开始强烈打战，“好恐怖……那个人的眼睛好恐怖……他一直在看我……好恐怖……真可恨……都是因为那个人，我才会变成这样。我已经什么都没办法吃了，已经连饿的感觉都没有了。太可恨了……但是，又无法抵抗。好恐怖……好恐怖……好恐怖……”

我看到边桌上面摆着碎裂的餐具。

白色的汤碗、面包篮、透明的色拉碗、蓝色的玻璃杯……

汤碗里还残留着切成薄片的胡萝卜，从破裂的色拉碗里流出来的酱汁，在桌上染出一块褐色的污渍。

餐具已经空了。

有人在这里用过餐。而且，应该是不久前的事。

“我好害怕……我好害怕，流人……”雨宫同学终于呼唤流人的名字了，也没刚才哭得那么厉害，变得和缓些了。流人抚摸着雨宫同学的头发和背部，温柔地对她说：“没事了，萤。我就在这里，我一定会尽力保护萤的。萤……如果你愿意信任我，愿意依靠我，我绝对不会背叛你的。”

雨宫同学也伸出细细的手臂，抱住了流人的背，小巧的脸庞靠在流人胸前轻轻啜泣着。

“流人……流人……”

我从头到尾都像在看另一个世界发生的事情，只是呆呆地望着这副光景。

心里似乎变得越来越空虚，身体也似乎变得越来越透明，有一种自己快要像雾一样散去的疏离感，让我的胸口感到阵阵的刺痛。

虽然我不知道刚才到底发生了什么事，不知道雨宫同学到底怎么了……但是，想必是有很严重的事吧……

这里已经不需要我了……

就像我在夜晚的化学教室里只能目送夏夜乃飘然离去一样，对我来说，她们就像幻影，而对她们来说，我只是个擦身而过的路人，像是透明人一样毫不重要的存在。

我无法继续忍耐下去，也停止不了胸口的苦闷。因此我悄悄离开了房间。

用完晚餐后，我躺在床上，用耳机听着寂寞的抒情曲。

看着天花板，我又想起抱着雨宫同学纤细身体的流人，还有攀在流人身上哭泣的雨宫同学。

那真是非常美——但是又悲伤得让人心痛欲裂的画面。

因为，我已经无法像流人那样，抱着自己喜欢的女孩了……

——心叶，你一定不懂吧！

那一天，在初中的顶楼上，美羽露出寂寞的微笑喃喃说道。然后，就在呆立原地的我的眼前，后仰着摔了下去。

——心叶，你一定不懂吧！

——你一定不懂吧！

我什么都做不到。双脚僵立在原处，连心也僵住了，整个人一动也不动。我就连伸出手去拉她都做不到。

每当我回想起那一天，就有一种天翻地覆、全世界都陷入黑暗的恐怖感向我袭来。

如果我能像流人他们那样，抱着美羽安慰她，我的人生也会有所改变吧！

但是，要怎样才能安慰痛苦的人？

任何悲伤痛苦都是那个人自身的心情，并不是我的心情。难道就算不了解对方的伤痛，只要拿一些冠冕堂皇的话去劝告对方，或是随口说些安慰之辞，就有办法分担对方的痛苦吗？我才没有那么了不起！

不过，或许这些都只是胆小的我说给自己听的借口……

当流人说要去雨宫同学家里看她时，其实我一点都不想去。并不是因为我体贴雨宫同学，我只是不想再被卷入任何惨事。

每次看到夏夜乃离去，我都无法制止。也是因为担心自己太深入她们的内心会无法自拔，所以才感到害怕，所以没办法踏出一步吧？

如果时光真的能够倒流，让我回到过去，我能保证同样的事不会再发生吗？在美羽坠楼时，我也会依旧呆呆地看着不是吗？

"呜……"我感到喉咙紧缩，忍不住发出呻吟。不经意把头转向旁边，我竟发现自己正紧紧抓住床单。

我回过神来，意识到自己全身冒汗，呼吸变得紊乱。

别再想这些事了，想想其他事吧！我拼命地在脑中唤出其他影像。嘈杂的教室、聊天笑闹的同学们、沉默的芥川、撅着嘴瞪我的琴吹同学，此外，还有屈膝坐在折椅上，一脸幸福地翻着书页的远子学姐……

纸张摩擦的声音，以及白皙纤细的手指，引导着我的记忆回到从前。

啊，对了。以前也发生过一样的事。

那是在我高一的夏天。

那年夏天十分炎热。太阳就像连漫长严冬的那份儿也要算上为大地加温似的，毫不留情地把热辣光线倾注到人们头上。

那天也是个会让人热昏头的大热天。午休时间，我在挤得水泄不通的福利社前，突然觉得无法呼吸，连午餐的面包都不买了，便脚步踉跄地离开现场。

每次我的病要发作，就会像带着尖爪利喙的大群乌鸦从天而降，毫无预兆地来临。手指变得麻痹，喉咙像坏掉的笛子一样发出咻咻的声音，还会无法呼吸。所有的声音都消失了，只听得见自己的心跳声在脑海中扑通作响，身体也变得好沉重。

为什么会突然在这里发作——是因为想起了美羽吗？因为美羽也很喜欢吃奶油面包——怎么办？要去保健室吗？不，我不想让任何人知道我的病。升上高中后，好不容易才恢复正常的生活。在同学们面前，我是那样努力着不惹人注目，努力让大家觉得我只是个普通人。

我不想受人注目……

为了找寻一个可以让悲惨的自己躲起来的地方，我死撑着跨出脚步。

我的额头和后颈满是汗水，咬紧牙关来到三楼西侧的文艺社活动室。本来还以为没有人在，结果一开门，就看到远子学姐正坐在堆积如山的旧书之中用餐。

她穿着水手服，规矩很差地把脚踩在椅子上屈膝坐着，一只手翻着一本放在白皙膝盖上的文库本，另一只手撕下书页放进口中，慢慢咀嚼着，然后喉头微微震动，一口吞了下去。

狭小的房里尘埃遍布，从窗口照进来的光线中，细细的灰尘如梦似幻地轻柔飘舞。乌黑的三股辫披散在肩膀上，低垂的纤长睫毛把淡影撒在澄澈的眼睛里。

远子学姐用纤细的指头把撕下的书页送进口中的模样，不管看多少次都让人觉得奇妙。但是，此时正因痛苦而喘息的我，却觉得远子学姐用餐的模样显得非常和平与神圣。

金色的尘埃里，穿着水手服，梳着辫子的奇怪学姐正在吃“饭”。这个人吃起书来怎么会有那么安详、那么幸福的表情啊？怎么会有那么喜悦、那么深情、那么温柔的表情……

远子学姐抬起头来看着我。

此时我的呼吸已经稍微顺畅了点，但是全身冒出的汗水急速冷却，让我觉得有点寒冷。湿透的制服衬衫都黏在身上，很不舒服，想必我的脸也一定惨白得像蜡烛一样吧！

远子学姐担心地蹙起眉头，问道：“你怎么了，心叶？”

“没事……什么事都没有。”我从震动的喉咙里挤出这些话。

现在到底是立刻离开好呢，还是干脆瘫在地上，痛快地大哭一场，让自己轻松一点比较好？我实在无法判断，只是继续颤抖地呆立着。而远子学姐也一定觉得我很奇怪吧！她明亮的黑眼睛浮现出悲哀和同情的神色，静静地凝视着我。

最后，她好像终于想到了什么，就把内页撕得破破烂烂的文库本递给我，说：

“……如果你不嫌弃，要吃吗？”

“我才不吃那种东西。”我立即这样回答。

紧绷的心在这一刻顿时舒缓，我好像当场就要瘫下去了。

“是吗？可是这本书真的很好吃耶！”远子学姐有点落寞地喃喃说着。但是，她的手还是对着我伸得直直的。

我也朝她走近，问道：“这是什么书啊？”

远子学姐光彩满面地回答：“这是国木田独步的短篇集哟！独步是活跃于明治时代的作家，他非常崇拜英国诗人华兹华斯（注25），也写下很多像那位诗人的作品一样含韵深远的写景抒情作品。像是他的代表作《武藏野》，就是不可不读的名作。他仿佛在武藏野散步，淡淡地描述沿途所见的风景，是篇幅比较长的文章。一开始读起来可能比较不容易进入状态，但是，如果仔细咀嚼每个文字，一边阅读一边在脑中描绘书里叙述的景色，就会觉得好像连自己也漫步在武藏野的树林里，一边听着风声和鸟鸣声呢！

“这本书不可以读太快，非得一个字一个字细细品味不可。就像在沉静的杂木林里，坐在长满青苔的石头上，吃着只加上薄盐的五榖米饭团。不可以匆匆忙忙地塞进嘴里，而是要从旁边一小口一小口咬下，这么一来，质朴得令人怀旧的滋味就会在口中缓缓散开。不知不觉间，就会发现自己已经吃饱了。没错，《武藏野》就是这样的作品。”

远子学姐垂下白皙的眼皮，以轻柔澄净的声音背诵着：“……‘在武藏野散步的人，对于迷路并不以为苦。不管是哪一条路，信步所至都一定会有应该看、应该听、应该去感受到的收获。武藏野的美就是从数千条纵横交错的道路，漫无目的地行走当中得到的。’——你看，很精采吧？这就是最美味的地方哟！这就跟包在饭团里芳香诱人的柴鱼有类似的感觉。”

我接过那本因为被撕得破破烂烂而变得很轻的书，随便翻了几页。

“……《武藏野》已经被远子学姐吃掉了，没得看了。”

“呃，因为那篇是放在最前面嘛！而且我也是个美味食物务必首先吃完主义者。不过……不过……《诗想》还有剩啊！这也是非常浪漫的作品，我个人大大推荐哟！另外还有《初恋》嘛！这一篇也很可爱，是在描写一位生气盎然的十四岁男孩跟住在附近的顽固汉学家爷爷之间的争执，最后一段文章就像酸酸甜甜的樱桃口味。啊，还有《小春》也是啊！这跟《武藏野》一样是随笔风格，也是像华兹华斯作品那样自然优美的佳作哟！”

我回过神来，发现自己已经坐在远子学姐身边，两人各自拿着撕破的书的两端，而我一边听着远子学姐的高谈阔论，一边翻着书页阅读。

这种情形，让我觉得自己好像跟远子学姐一起坐在和风吹抚的武藏野的杂木林里，两人正啃食同一本书似的。

午休时间结束，我回到教室，虽然什么都没吃，但是我却觉得肚子好像已经被填饱，全身也变得暖烘烘的了。

我持续躺在床上思考。

那个时候，应该是远子学姐安慰了我吧？

远子学姐并没有询问我的烦恼，也没有抱着我，或是拍拍我的肩膀鼓励我。她只是待在我身边。

虽然仅是如此，但这一定就是令我获救的方法。

并不是做了什么特别或困难的事，纯粹只是坐在我身边，翻着书页给我看……

——我只是很想知道，远子姐的作家是怎样的人罢了。

流人说过的这句话突然在我的脑海响起，让我连耳根都热了起来。

我才没有那么了不起呢！在远子学姐眼中，我应该只是个负责帮她写点心、非常桀骜不驯的学弟吧！

对我来说，远子学姐也只是个会咔嗞咔嗞地吃书、常常给人惹麻烦的学姐罢了。

没错。就是这样……应该吧……

"……远子学姐到底带琴吹同学去哪儿了……她是不是还在生我的气啊……"我看着天花板喃喃自语。

此时母亲突然打开我的房门走进来，"你在听音乐啊！我在楼下叫了你好几次，有你的电话哟，心叶。是你的天野学姐打来的。"

我闻言急忙跳下床，"谢谢你，妈妈。"

母亲看到我摘下耳机，拿起电话分机，就微笑着离开房间。

“喂,我是心叶。”

“是心叶吗?”咦？远子学姐好像很没有精神。

她的声音听起来就像罹患重感冒躺了三天的黑猩猩一样虚弱,让我大吃一惊,没想到远子学姐接下来竟说出让我更错愕的话。

“我现在在警察局,拜托你来接我好吗?”

第五章

“文学少女”的报告

“我说过了嘛，我跟小七濑好好地走在路上，结果有几个长得很可怕的大叔叫住我们……我还以为他们是要来找援交的，就把书包砸在其中一人的脸上，然后拔腿就跑……结果，那些大叔们露出更可怕的表情追了过来，我们只好爬上围墙，准备从另一边逃走。小七濑跳过去的时候不小心滑了一下，然后就摔倒了……”在警察局的某个房间里，远子学姐坐在椅子上，两手叠放在膝盖上，身体缩得小小的，面红耳赤地解释她之所以被“逮捕”的缘由。

“谁知道那些长得像是放高利贷的可怕大叔竟然会是警察，就算是身为文学少女的我也想象不到嘛！”

“我们长得一副像是放高利贷的长相还真是不好意思啊！你用书包砸在我们的脸上，不管是谁都会变得更凶恶吧！”

中年的警察先生不高兴地把脸凑过来说着。嗯……的确是可怕到被叫住时会想逃走的长相。看他这种凶恶长相加上魁梧体格，如果再拿着竹刀，一定会让人误以为是反派摔跤手。

"看到穿着制服的年轻女孩走在那种可疑的闹区，就警察的职务来说，叫住你们问一下也很正常吧！结果你竟然随便拿书包打人……"

"……对不起。"远子学姐深深地低头道歉，她长长的辫子都快拖地了。

不过，远子学姐为什么会跑到那么危险的地方去？还有，琴吹同学现在又怎么了？

我一问之下，远子学姐的头就垂得更低了，"……小七濑已经被送进医院了。是脚骨骨折，要一个月才能痊愈……"

哇塞！我还真不知道该说什么才好。警察先生斥责着远子学姐："我明明要你打电话叫监护人过来，你把学弟叫过来干什么？快打电话给你的家人啊！"

我也诚恳地劝告她："是啊，远子学姐，快打电话回家吧！"

远子学姐却只是用力摇头，"不、不行。我不能叫樱井阿姨来警察局接我啦！"

她说的樱井阿姨，应该就是流人的母亲吧？这种事的确很难对寄宿家庭的人开口。

"那要不要我请我妈来一趟？"

"不可以啦，如果你这样做，我好不容易塑造出来的可靠学姐形象就要毁于一旦了，而且以后我也不敢再打电话给你了啦！"

……远子学姐在这种奇怪的地方倒是很虚荣。不过话说回来，我母亲从以前就经常称赞远子学姐是个礼仪端正的好女孩。

"那你到底要怎么办？再这样下去根本没办法回家。"

"……心叶，你没有认识一些可以在这种时候帮得上忙的大人吗？像是拥有赤子之心的考古学家叔叔之类的。"

“才没有啊！就算真的有，那种叔叔现在也一定在亚马逊某处挖掘古代遗迹，四年后才会回日本吧！”

“那婶婶也行啊，你有那么多亲戚，总会有一个在担任钢琴老师，像圣母玛丽亚一样温柔的婶婶吧？”远子学姐用求助的眼神死命盯着我。

“怎么可能。对了，我倒是想到了一个人，她拥有各方面的管道，在警界又吃得开，一边在管弦乐社担任指挥，一边还勤于绘画，虽然有点坏心眼，但却是很可靠的学姐哟！”

我一说完，远子学姐立刻露出欲哭无泪的表情。

一个小时过后。麻贵学姐跟警察局的人说了几句话，远子学姐就被无罪释放了。

“麻贵，你听清楚了，是心叶把你叫来的，可不是我哟！这跟我本人的意志一点关系都没有，完全是基于心叶自己的判断哟！如果你要收取酬劳，千万别找我，去找心叶就好了。”在回程的车上，远子学姐再三地对麻贵学姐强调。

“好好好，我就去叫心叶脱光给我画吧！”请司机开礼车过来的麻贵学姐平淡地回答。

“我郑重拒绝。”

真是的，哭丧着脸求人家来警察局接人的明明就是远子学姐，到最后怎么会是要我脱啊？

不对，真要说起来，如果不是麻贵学姐故弄玄虚，捏造假的纸张，还送了黑百合过来，远子学姐也不至于鲁莽行事到这种地步吧！

麻贵学姐看着远子学姐那张被屈辱染红的脸，好像还很开心的模样。

唉，我身边的人怎么都那么惟恐天下不乱啊？

“然后呢？远子学姐到底跟琴吹同学干什么去了？为什么跑到那种会被警察逮捕的可疑场所游荡？”

“那、那是因为……”远子学姐嗫嚅着说不出话来。

此时麻贵学姐很得意地说：“如果方便的话，待会儿就来我的画室一趟吧？我也很想听听让远子苦恼不已的幽灵到底是怎么回事。”

“哎呀，是简·奥斯汀(注 26)呢！”远子学姐一踏进麻贵学姐的画室，就兴高采烈地欢呼着，往嵌在墙中的整面书柜冲过去。

“狄更斯、夏绿蒂·勃朗特、艾米莉·勃朗特、玛莉·雪莱、维吉妮雅·伍尔芙、曼斯菲尔德、毛姆(注 27)——所有知名英国文学家的作品一应俱全，真是太壮观了！我最推荐的还是这一本啊！”她一边说着，就从书柜中抽出了简·奥斯汀的《傲慢与偏见》。

“奥斯汀是一七七五年出生的英国女作家，她的风格明朗轻快，就像在蔚蓝的天空下，坐在维多利亚式的庭院里，一边跟朋友聊天，一边吃着水果加干果做的小糕饼和鲑鱼火腿三明治的感觉！真不愧是爱情小说的始祖，伊莉萨白和达西的恋情也让人看得脸红心跳呢！如果要简单说明一下大纲……”

远子学姐满面笑容地正要展开长篇大论，我就冷冷地打断她，“请不要再转移话题了，远子学姐。我又不是专程来听英国文学讲座的。”

“哼……”远子学姐鼓着脸颊，不高兴地瞪着我。

我想，远子学姐八成还在记恨我三番两次放她鸽子，不陪她一起去调查幽灵事件，所以不想这么简单就把她辛苦的成果告诉我吧！

不过麻贵学姐怂恿地说：“就是啊，名侦探，别再让我们焦急下去了，快公布你的调查成果吧！”

远子学姐当下就把《傲慢与偏见》放回书柜，挺起她扁平的胸膛，以一副踌躇满志的模样说：“嘿……真拿你们没办法。既然你们这么诚心诚意地拜托，那我就说吧！心叶，在你翘掉社团活动跑去跟女生厮混期间，我一直悄悄地持续调查这次的幽灵事件，也已经快要追查到幽灵的真正身份啰！”

我才不觉得这是“悄悄”呢……明明就是每天都跑来我的教室大吵大闹不是嘛……总之，我也只能附和着说“喔，是这样啊”。

“首先，我从学生名册里调查‘九条夏夜乃’这个名字，锁定了十七年前在本校就读的学生。深入调查后，发现她在高二的时候休学结婚，还生了一个女儿。她的结婚对象就姓‘雨宫’。你知道这是什么意思吗？心叶？”

“……也就是说，雨宫同学就是九条夏夜乃的女儿。”因为这件事我早就知道了，所以我连一丝感动的语气也没有，只是回以平淡的语气。远子学姐反而更提高了声音说：“就是啊！小萤的母亲是在小萤还在读小学的时候过世的。所以幽灵的真正身份就是小萤的母亲。也就是说，身为母亲的夏夜乃的幽灵附身在女儿小萤身上哟！”

……远子学姐，你不是说世上才没有幽灵，还一口咬定这一定是什么阴谋吗？怎么现在会有一百八十度的大转变？而且竟然还亲热地叫起人家“小萤”……远子学姐不顾我的愕然，还继续滔滔不绝地说：“我的想象力告诉我，这一定是因为夏夜乃还有心愿未了。所以，我就针对夏夜乃再继续展开深入调查，然后我藉由‘某种管道’，得知曾在九条夏夜乃的娘家工作，看着夏夜乃从小长大的女管家目前正在经营 Cosplay 酒吧，所以就跑去找她了。”

这是什么某种管道嘛——麻贵学姐明明就坐在她的眼前，她还真敢说。还有，怎么又是女管家？雨宫同学家里也有和田女士这位管家，难道夏夜乃那边也有这样的人？

可是，无论我有怎样的疑问，都被“Cosplay 酒吧”给盖住了。

“Cosplay 酒吧！你还真的跑到那种地方去啊？”

对了，我曾在社团活动室桌上看到一些印着奇怪店名的面纸……不过话又说回来，女管家为什么会突然跑去经营 Cosplay 酒吧啊！这位女管家到底发生了如何戏剧性的转变！

“我也觉得害怕啊！那些店家附近，都不是正经的女生可以独自漫步的危险地方，可是那些店又不会在白天营业，所以只能在晚上过去……”远子学姐愤恨地看着我。

如果心叶也来就好了……她的表情似乎这么说着。什么嘛，我也不想在这种年纪就去 Cosplay 酒吧斯混啊，再说我也没有那种兴趣。

“可是，小七濑知道后就说她要陪我一起去。”远子学姐的脸上恢复了光彩，“小七濑真是个超级体贴的好孩子哟！当我在图书馆抱怨着‘心叶真是太过分了’的时候，她也拼命点头，回答我‘嗯，我能理解’。我们在说心叶坏话的时候，还真是意气相投呢！”

到底是谁比较过分啊……哪有人会跟别人抱怨自己的学弟，还抱怨到意气相投啊？我忍不住认真考虑要退出文艺社了。

先别管这个了，还是先把话题拉回远子学姐和琴吹同学两人亲亲热热地一起去 Cosplay 酒吧这件事吧！

“你们为什么要穿着制服去？”

穿着制服去那种地方，当然会被警察叫住盘问。

“去拜访他人的时候，本来就该穿制服吧！这可是学生手册上标明的常识哟，心叶。”

是这样吗……

“而且，穿着便服进去岂不是更像去玩的客人？”

“我倒是觉得穿制服比较容易被误认为Cosplay的店员。”

“讨厌，你怎么会知道？就是说啊，竟然还有头上戴着猫耳的奇怪大叔跑过来问我‘你是新来的啊？叫什么名字？来坐我的台好不好啊？’”

麻贵学姐忍不住噗哧一笑。

远子学姐瞪了麻贵学姐一眼，然后生气地别开脸，继续说：“总之，经过这么辛苦的调查，我们终于从九条家以前的管家若林小姐那里问出了夏夜乃的事。”

“那真是太好了。所以你已经知道九条夏夜乃未完的心愿是什么了吗？”

“嗯。夏夜乃从小就有一个互许终身的对象。”

我的心脏仿佛漏跳了一拍。

此时，我想起坐在黑色耐热桌上，沐浴在月光之中微笑着的夏夜乃的身影。

——我就把他的事告诉你吧！

——他比谁都更贴近我的心，是我的一部分，我的“半身”哟！

远子学姐说的那个人，难道就是……

“那个人叫国枝苍，好像是从小就住在夏夜乃家。夏夜乃的父亲在出国任职时，带回一个完全不会说日语的男孩。那个男孩是个孤儿，父亲好像也是日本人，他在一个很严酷的场所工作。夏夜乃的父亲发现他后，就把他带回自己家来照顾。国枝这个姓，是依照当时在九条家工作的管家姓氏取的，而苍这个名字则是他来到日本后，夏夜乃亲自帮他取的。

“苍的年纪比夏夜乃大一岁，两人就像亲生兄妹般融洽地一起长大。不管是在家里还是在外面，都常常亲密地黏在一起，还会用数字当暗号交换日记。若林小姐有一次问夏夜乃：‘这个数字是什么意思？’夏夜乃就笑着回答：‘这是我跟苍的秘密哟。’”

——这是我跟那个人的秘密。

“夏夜乃”在中庭说着这句话的甜蜜声音，又在我的耳中复苏。

那些数字原来就是夏夜乃和青梅竹马的男孩之间使用的秘密语言啊！

奇怪？既然如此，雨宫同学又怎么会知道？

我可不觉得真像远子学姐所说的，是雨宫同学被母亲的幽灵附身。就算雨宫同学没有自己在身为夏夜乃时的记忆，夏夜乃和雨宫同学毕竟还是同一个人，所以夏夜乃口中说出的话，也一定是基于雨宫同学所能获得的情报才对吧。

那么，雨宫同学是在什么时候，又是从哪里得知国枝苍和暗号的事？难道是她母亲生前就告诉过她？

“这两人的命运产生剧变是在夏夜乃小学五年级，苍小学六年级的时候。夏夜乃的父亲突然得了急病去世，夏夜乃的母亲不久也过世，从此没有家人可以照顾夏夜乃。因为夏夜乃当时尚未成年，所以需要一个管理财产的监护人。因此，后来夏夜乃父亲的表弟就以监护人身份住进她家。”

这段听起来很耳熟的话，从我的心底深处挖出了另一段记忆。

失去保护的女孩。以监护人身份住进家里的男人。

这不是跟雨宫同学一模一样吗！

这是怎么回事啊？原本就紧密联结的亲生母女，竟然连命运都这么相似？

夏夜乃的监护人叫后藤弘庸。他以暴君姿态统治九条家，还把夏夜乃唯一战友的苍赶到地下室去，后来更变本加厉，把他从房里赶出去。夏夜乃为了阻止叔父，还绝食抗议。

她说：“我除了苍煮的东西以外，一口都不吃。如果苍不在这个家里，我也会跟着饿死喔！这么一来，弘庸叔父也会很头痛吧？”

当时，苍都是在厨房里帮忙煮饭，而且从夏夜乃父亲还在世的时候，夏夜乃就常常向苍撒娇“肚子好饿喔”，要苍做蛋包或是烤小蛋糕，然后很开心地吃掉。

她凛然地向大人们宣告，如果不这样，将什么都不吃。后来她也真的信守诺言，如果不是苍煮的东西，就什么都不肯吃。

不管她肚子有多饿，甚至是饿到昏倒，也顽强地不吃别人拿来的食物。

夏夜乃倒在床上紧抓着床单，还是意识蒙眬地呼唤着：“我只吃苍煮的东西。苍在哪里？把苍叫过来。让苍把我的食物送过来。”

她的叔父不得不妥协。后来，苍还是以佣人身份一直住在九条家。

“若林小姐说，他们两人的感情好到让旁人看了都会害怕。但是，夏夜乃升上初中后，就认识了当时已是大学生的雨宫高志。好像是因为她去了位于信州的别墅，在散步时不小心受伤，刚好开车经过的高志帮了她。因为有这个契机，后来高志就开始约夏夜乃出去玩。

“当时夏夜乃还是个初中生，所以两人一开始只是像兄妹那样的关系。但是当夏夜乃逐渐成长之后，高志也渐渐爱上她。

“夏夜乃一定感觉到又有钱又温柔、对自己言听计从、不管走到哪都会随侍在侧的高志，就像王子一样有魅力吧！而只是个佣人的苍，不可能送她漂亮衣服或是贵重的珠宝，也不可能带她去豪华的派对或是别墅吧……

“苍也一定发现夏夜乃和自己的距离越来越远，心里想必也是越来越寂寞吧！”远子学姐想象着苍的心情，也跟着寂寞地垂下目光。

“夏夜乃是在高中二年级跟高志订婚的。来年，夏夜乃就不读高中，跟高志结婚去了，成为雨宫夏夜乃，还生了小萤。”

苍当然没办法眼睁睁看着夏夜乃变成别人的妻子。

结婚典礼前夕，他就从房里消失了，没有人知道他去哪儿。夏夜乃还是在结婚典礼后才知道这件事。

夏夜乃陷入了半疯狂状态，到处寻找苍的下落。但是还没有找到苍，夏夜乃就染上重病，连生产都有性命之忧。

——后来他生我的气，就销声匿迹了。我们以后就再也没见过面了。

夏夜乃说这句话时，流露出无比哀伤的神情。既然她这么在乎苍，为什么还要跟别人结婚？还是她对苍的感觉并不像情侣之间的爱，而是家人之间的亲情？

言归正传，在高志衣不解带的辛苦看护下，夏夜乃总算度过了流产的危机，生下一名可爱的女孩。高志为这个女孩取名为“萤”，足见他令人动容的慈爱。

个性强硬的夏夜乃，虽然动不动就大发雷霆，但是夫妻的感情还是很好。高志对于这个任性的年轻妻子，只是以彻底的温柔去包容她。

“但夏夜乃还是忘不了失踪的苍。她经常跑回老家，缅怀他们的过去。也说不定是因为想到现在的幸福生活，就觉得对苍很抱歉吧……”远子学姐的话语深深刺进了我的胸中。

每当我感到现在的生活十分和平安详时，就会感到对美羽的歉意像针一样刺痛了自己的心，想必夏夜乃也体会了跟我一样的痛苦吧！

承受着煎熬的夏夜乃，是在死前不久才收到了苍在国外身亡的通知。

“对于努力跟病魔搏斗的夏夜乃来说，得知苍的死讯，等于受到了足以夺走她生存意志的巨大冲击吧！夏夜乃从这天起就不肯再吃东西了，然后还不到一个星期，她就辞世了。”

萧瑟的气氛在画室里静静流动。

远子学姐和麻贵学姐都一脸哀凄地看着墙壁或地板。就连我都重新体会认识到，夏夜乃已非活在世间的人了。

夏夜乃希望时光能够倒流，就是想要回到和苍一起度过的少年时代吗？

此时，远子学姐突然抬起头来，说话的音调也顿时提高，“所以我都知道了，幽灵的真正身份，就是夏夜乃的鬼魂太过思念跟自己分离的苍，所以附身到女儿小萤身上。”

我听得差点跌倒。原本一脸严肃地看着墙壁的麻贵学姐，也像是被远子学姐吓到一样直发愣。

远子学姐握紧拳头，彻底释放出她的妄想说：“附身在小萤身上的夏夜乃，为了追寻苍的影子，就跟很多男生交往。而且每晚还会出现在学校，把要寄给苍的信丢进文艺社的信箱。没错，这是一个跨越时空的壮阔爱情故事啊！”

喂……话题竟然可以在转眼间从怪谈大幅飞跃到奇幻，我真的承受不住了。

雨宫萤的背景，还有她所拥有的烦恼，都是远远超过远子学姐所能想象的深刻及复杂。但是，那又是怎么发生的——雨宫萤为什么会变成她的母亲夏夜乃？我还是搞不清楚，而且也一直找不到插话的时机。

“所以啊，心叶。为了安抚夏夜乃飘荡不定的灵魂，就写一篇以夏夜乃和苍为主角的喜剧爱情故事，然后供在夏夜乃的墓上吧！就交给你啰，心叶。”

“什么，叫我写！”我愕然地大叫。

远子学姐两手叉腰，板着脸对我说：“这是当然的啊，就当做是你翘掉社团活动的处罚吧！我都已经这么努力调查了，心叶多少也要贡献一点心力嘛！”然后她的表情迥变，顿时换成了一张有如春天花田般和煦的笑脸，“你就写一个超甜美的故事，以慰夏夜乃在天之灵吧！这么一来，过去的事我也可以一笔勾销喔！”

“唉……”麻贵学姐终于忍俊不住，噗哧地笑了出来。

“干吗啊，有什么好笑的，麻贵。”

“嘻嘻，没什么啦！我只是在想，如果幽灵能成佛就太好了。”

远子学姐对她吐舌头，就拉着我的手走出画室。

被扮了鬼脸的麻贵学姐，也露出一脸满足的表情。

“我问你，心叶。你在翘社团活动时，真的跑去跟女生约会了吗？”一走出音乐厅，远子学姐就担忧地看着我问道。

“才没有。我是去跟流人见面。”

“你说流人？”远子学姐突然放开我的手，诧异得睁大眼睛。

“因为碰巧在学校附近见到，一聊之下发现很合得来……”天呐，说谎还真是痛苦。

但是远子学姐不仅对我的说辞不疑有他，反而像是更在意其他事情，嘴巴一张一合地犹豫说：“是、是这样吗？那么……流人没有跟你说什么奇怪的事吧！”

“像是一大早就一边大发议论，一边吃着《古利和古拉》吗？”

“那、那是无所谓啦……我不是说这个，我是说……”远子学姐的脸就算在月光下还是清楚地泛红了，然后随口念着“没说什么就好”，一个人漫步在前方。

她想问的难道是那件事？说我是远子学姐的作家那件事……我的脸颊也呼地热了起来。但我还是决定先把这件事埋在心中，然后快步追上远子学姐。

“刚才的事我要先声明，我绝对不写什么爱情故事哟！”

“什么嘛，小气鬼。我本来还想借心叶几本罗曼史作为参考呢！”

“不用了。远子学姐以前拿的那些我已经看得够痛苦了。”

“真是的，心叶如果不试着多了解女孩子，情人节的时候是收不到真命天女的巧克力的哟！”

“我不需要，跟巧克力相比，我更喜欢吃羊羹。”

“那你也收不到真命天女的羊羹哟！”

“会在情人节送人家手工羊羹的女孩也挺讨人厌的。”

“心叶实在太任性了。”

我们就谈着像平常一样的对话，走在夜路上。走到家附近的转角时，远子学姐停下脚步。

“好了，之后我自己走就行了。”

“不用送到家门前吗？”

“别担心，如果有色狼，我会用书包打他的。”远子学姐笑着说完后，突然伸手抓住我的衬衫下摆，有点怯懦地歪着脑袋问道，“心叶……明天你可以跟我一起去探望小七濑吗？”

◇　◇　◇

从懂事起，他就已经待在那个阴暗肮脏且危险的地方了。

他没有受过任何教育，每天都得饿着肚子，在阳光照射不到的工厂里辛苦工作，后来有个从东洋岛国来的绅士救出他，还把他带回自己家。

他的父亲和祖父都是日本人。他那种不像一般孩子的特质——对世上的一切都抱持怀疑和憎恨的表情，吸引了那位与众不同的绅士。这就是那位绅士收养他的理由。

那位绅士有位小他一岁、又骄傲又可爱的女儿。

“爸爸,这个脏小孩是谁啊?”

女孩跟他初次见面就说了这句话,她蹙起高傲的眉毛,仔细端详他,然后就绽放出鲜花般的笑靥。

“这就是爸爸带回来的土产啊? 对了,这个小孩虽然脏,但是仔细一看,他眼睛的颜色很漂亮呢,所以我就收下吧!”

“我决定了,从今天开始你就是我的弟弟了!”

她不顾自己的年纪比他小,就傲慢地宣布了。

自此之后,两人不管走到哪里都黏在一起。早上、中午、黄昏、晚上,他们都手牵着手,像是连体婴一样亲密地生活。

“苍、苍,我肚子饿了,帮我烤个蛋糕嘛! 我要加很多蜂蜜哦!”

“我的手酸了,你喂我吃嘛,苍。”她都会可爱地张开小嘴,让他用银汤匙舀起切成小块的蛋糕喂她。然后她就会幸福地露出微笑。

“好好吃啊,苍真是天才。比起高级商店的豪华餐点,我更喜欢吃苍做的东西呢!”

这样的生活一直持续下去。

直到保护这两人的绅士因为急病过世……

◇　◇　◇

放学后,我和远子学姐带着水果果冻礼盒和绑上缎带的花束,一起去探访琴吹同学。

“真的很对不起，小七濑。”远子学姐双手捧着果冻礼盒，深深地鞠躬。

我也捧着花束，站在一旁跟着向琴吹同学行九十度礼。

“这次我们的社长给你添了很多麻烦，真的非常抱歉。”

琴吹同学身穿水蓝色睡衣，坐在病床上，红着脸，吞吞吐吐地说：“别、别这么说……这样道歉我哪担当得起……而且原本就是我自己说要跟去，可是却笨手笨脚的，还从围墙上摔倒，害远子学姐被警察抓了……我才觉得抱歉呢！”

琴吹同学伸出双手，接下果冻礼盒。

“我……我就收下了。”

琴吹同学的脸颊变得更红了，战战兢兢地看着我手上的花束。她一直把果冻礼盒抱在胸前，好像很不知所措，愣愣地看着红色的蔷薇花蕾、粉红色的香豌豆花，还有旁边点缀的满天星。

“你不喜欢这些花吗？”我抬起头，有点担心地问了，她却撅起嘴摇摇头。

“我又没有这样说。而且‘我收下了’和‘谢谢’都是对远子学姐说的，又不是对井上说的。”琴吹同学说着，就一把抓过花束，跟果冻礼盒一起轻轻地抱在怀里。

“啊，我也带了花瓶呢！我把花插起来吧！”

远子学姐拿出经过百元商店时买的花瓶，琴吹同学就满脸舍不得的模样，把花束交给她。

“……嗯……那就麻烦你了。”

“好，我去装水啰！”

远子学姐走出去了，病房里只剩下我跟琴吹同学两个人。

琴吹同学满脸不悦的表情，不时用手梳一梳头发，或是拉一拉睡衣的衣襟。

"……跟你同病房的人都不在。"

"……今天早上有个人出院了，另一个去做检查了。"

"这样啊……"

"喂……那些花是远子学姐挑的吗？"她并没有转过头来面对我，只是满脸不耐烦地问道。

"啊？嗯，是啊！"我不解地回答。

"……哼，我就知道……因为看起来很有品味。就是说啊……怎么可能会是井上挑的呢……"她用低沉的声音喃喃说着。

是我多心了吗？总觉得她的语气带点失望的感觉……

"嗯……害你受伤真的很抱歉。这样也没办法去考期末考了。"

"老师已经答应让我补考了，不用担心。"

"可是……"

"井上不需要向我道歉吧？"

"话是这样说没错……"

"井上，你为什么要来？"

"……抱歉，我不来会比较好吗？"

琴吹同学的脸颊又红了起来，她含糊地回答："我又没这么说……只、只是，如果事先通知我一声……我就可以先把睡衣换掉……也可以梳洗一下……总觉得身上有股汗臭……"

"我又不在意。"

"可是我在意啊！"琴吹同学突然对我发出怒吼，但是一下子又脸红地把头转向一边。

"我、我可不是在意井上，才不是这样……"

"呃……嗯！"

琴吹同学咬紧嘴唇，再次陷入沉默。病房内一片寂静。

气氛好沉重啊！远子学姐怎么不快点回来？

我不知该看哪里好，就无意识地望向窗外。这间病房在七楼，可以看见进出医院的人们。天空看起来阴阴的，好像随时都会下雨。

这时，我看到一位穿着本校制服的女孩，被一个穿着西装的高大男人搀扶着走出医院。

咦？那会不会是雨宫同学……

我正想把身体探出窗外，看得更仔细，琴吹同学就低声地说："……你一定觉得我很讨人厌吧！"

"什么！"

我反驳说"我才没有这样想"，一边慌张地把头转向琴吹同学。哇！真是不得了，她还是撅着嘴，低垂的脸好像快要哭出来了。

哇！到底怎么了，琴吹同学！

我惊吓得屏住呼吸，琴吹同学则是紧紧地抓住棉被一角，轻轻地说："不……不需要否认了。我总是瞪着井上，你一定很讨厌我吧……可是……井上还是……还是一点都不记得……我、我啊……在初中的时候……"

初中？琴吹同学就读的初中应该跟我不一样吧？

我还是搞不懂她到底想要说什么，正觉得越来越困惑之际……

"哈啰！我们来看你了，七濑！"班上的女同学突然跑进来。

"我们听说你在车站的楼梯上摔倒骨折了，都吓了一大跳。

咦？井上？”女同学都睁大眼睛看着我。

“哇啊，太意外了！井上同学竟然会来探望七濑！”

“真是吓了我一大跳呢！”

“因为，七濑明明觉得井上……”

明明觉得井上很讨厌——她应该想要这样说吧！但她还没说出来，就被另一位女生用手肘撞了一下，连忙闭上嘴。

琴吹同学脸色阴沉地说：“请不要想到奇怪的地方去。井上是远子学姐的跟屁虫，所以才黏着她一起来的。”

“喔，原来如此。不过说人家是跟屁虫未免太过分了啦！”

“七濑就算住院了，嘴还是一样坏。井上太可怜了。”女同学们都毫无心机地笑了。

我和琴吹同学不约而同尴尬地转开目光。刚才琴吹同学想要说的，到底是什么事？

“我们心想七濑可能很无聊，所以带了好多东西过来。”

病床上逐渐堆起漫画和推理小说。

在那堆小山中，我突然看到某本书有着令人印象深刻的蓝色封面，差点停止呼吸。

琴吹同学也睁大眼睛盯着那本书。

其中一位女生突然兴奋地大喊：“啊！这不是井上美羽的作品吗！好怀念啊！我在初中读过，超感动的。”

“嗯，我也是。可能是因为作者也是初中生吧，感觉里面描写的心境好真实，让人好有共鸣。七濑，你说你没有读过井上美羽的作品对吧？”

琴吹同学不知是想到了什么，突然变得有些惊慌，还犹豫地回答：“是……是啊！”

木村同学拿起美羽的小说，满脸笑容地递给她，“拿去吧，趁这个机会把它读完。七濑绝对会爱上这本书。不管是对白还是文字的描述，都好像写到自己的心坎里去了，读后感也是超棒的，会让人有种‘啊！我真是读了一本好美的作品’的感觉。”

“我懂我懂，虽然我平时不怎么喜欢看书，但是也超迷美羽的。你们不觉得这就像是青春时代的圣经吗？电影也好好看哟！画面都拍得好有透明感，好罗曼蒂克，跟原作的气氛一模一样。我至少读过三次呢！”

“井上美羽为什么不写第二本小说？明明有这种才能，真是太可惜了。”

我看着自己的鞋尖，颤抖着声音说：“她才没什么才能。”

这句话冰冷得连我自己都忍不住打战，就像无情挥打在融洽气氛中的寒冰鞭子。

女同学们都吃了一惊，转头望着我。

我感到喉咙和耳根都热得像是有火在烧，紧握的双手也不停颤动。

“这种书有什么好看？文笔烂，组织杂乱，就跟脑袋不好的初中生写的诗一样可笑。大家只是难得看到十四岁的女生得奖，才会这么大惊小怪吧？这跟猫熊或海豹是一样的。我讨厌死这个井上美羽了。”我吐出的恶毒之言，以十倍的强度反击着我自己的心。

没错，这本书里写的全都是谎言。

什么无限延伸的透明世界，根本就不存在于现实之中。那只是一心期待梦想实现，从未见识过人间悲苦的幼稚孩子不负责任的玩笑话。

真正的世界是更加狭窄、沉重且阴暗的。

人心也并非像晴朗的天空一样简单明快，而是一踏进去就会越陷越深，终至无法自拔，还充满了令人欲呕的酸腐味。

全部——全都是假的！井上美羽写的故事都是假的，连她本身也是假的！

病房回归寂静，大家的脸上都冻结了惊愕的表情，只有琴吹同学像在喘气一样微微动着嘴唇。

现在得打个圆场，但是我的表情硬得像石头，喉咙也在颤抖，不管怎么努力就是笑不出来，耳朵好热，呼吸也好痛苦。当我正想从房里走出去时，就看到远子学姐拿着插好花的花瓶站在门口。

她一定是听见我那些丑陋的话语了吧！远子学姐带着悲伤又担忧的眼神看着我。

在远子学姐还没开口前，我努力地从灼热的喉咙里挤出这句话，“……对不起……我要先回去了。”

然后我就像没看到远子学姐似的，从她面前走过，快步地走向医院大厅。

太失败了！

我全身上下都在发抖，沉重的后悔几乎令我的头脑轰轰作响。

太失败了！

太失败了！

我不是听到什么都只是微笑以对，努力让别人觉得我很平凡吗？

我不是刻意把自己塑造成绝不会像那样吼叫，也绝不惹人生气的温和形象吗？长久以来死命搭建的高墙，竟会因为一本书就整个崩溃了。

我不记得自己是从什么时候开始跑起来的，我只想尽快回到自己的房里，关上门，当作一切都没发生过。只有这个念头在我心中激荡澎湃着。

回到家后，我没有换下制服就钻到床铺里，把毛毯盖在自己头上。

我受不了了。从今以后，每当我看见或听见美羽的名字，就一定得像罪犯一样畏惧地逃跑吗？我非得永无止境地为了自己做过的事而后悔吗？

为什么我要承受这一切！我又不是真的想得奖！又不是真的想成为作家！

我只希望美羽能待在我身边，对我微笑——就算那只是虚伪的乐园，就算那只是谎言堆砌成的空壳，我也觉得无所谓。我还是可以爱着那个空壳的世界，幸福地生活着。

但是，美羽却用那样充满憎恨的眼神瞪着我，微笑地说着“心叶一定不懂吧”，然后就后仰着从顶楼落下。

为什么人类要吃下智慧果实？

如果什么都不知道，就可以永保愚昧又幸福的赤子之心了。

夏夜乃说，如果想拿回失去的东西，只要让时光倒流就好了。我回答她，那是不可能的。

但是，真的吗？真的不可能吗？时光真的无法倒流吗？

如果神不愿意为我实现愿望，我宁可去找恶魔！

无论要我付出灵魂还是什么都行，请让时光倒流吧！

这么一来，我就可以把那满篇谎言的小说撕碎，跟厨余垃圾一起丢弃，从此之后再也不写什么小说。

我全神贯注地祈祷着跟两年前一样的心愿，也跟两年前一样紧紧抓住床单，把脸埋在枕头里，咬紧牙关忍耐着身如刀割的痛楚。

母亲在晚餐时间来叫我了，但我只是继续蒙在毛毯里，回答“我不想吃饭，我身体不舒服，想再多休息一下”。

然后，就像沉入沼泽似的，缓缓地睡着了。

隔天早上，我因为饥饿和疲劳而脚步蹒跚地走下一楼客厅，妈妈立刻告诉我远子学姐打电话来。

“你觉得怎么样？今天要不要请假在家休息？”

“我要去，期末考还没考完。”

“是吗……不要太勉强哟！”

妈妈忧心的眼神刺进我的胸口。看到妈妈的脸，我更觉得羞耻。

我就只会让家人操心。而且，连远子学姐也……

桌上已经摆了白饭、味噌汤、昨晚吃剩的羊栖菜汉堡肉、西红柿和芦笋做的中华色拉，我默默吃完后就去上学了。

一走进教室，我就发现昨天在医院碰见的女同学们表情都很僵硬。

我调匀呼吸，提起中气，亲切地对她们露出笑容。

“早安。”

然后，有点不好意思地说：“昨天……真抱歉。因为……我正在为其他的事烦恼，所以态度不太好。”

结果她们好像松了一口气，脸色变缓和了，还开朗地回答：“井上同学看起来不像是会发脾气的人嘛，所以我们都吓了一跳。”

“我也是。可是，七濑已经告诉我们了。在我们还没来之前，她跟井上说了一些很难听的话吧？所以井上才会不高兴地回去了，七濑是这样说的哟！”

“……琴吹同学是这样说吗？”我疑惑地问着。

“嗯，七濑好像很消沉，应该是在反省了啦！虽然七濑的嘴巴很坏，但她的心可不坏哟！可能只是突然住院，所以累积了不少压力吧！你可不要跟她计较。”

琴吹同学竟会帮我向大家解释？为什么？

回想过去琴吹同学对我的态度，我就越来越搞不懂，她怎么会宁可让自己扮演坏人也要帮我说话？我满脑子问号地走到自己的座位上，芥川就从后面探出身来悄悄跟我说“你学姐来了”。

远子学姐站在后门外，躲在墙壁后面朝教室里探头探脑。

我站起身来要走出教室，她的肩膀霎时一震，整个人又缩回墙壁后面，像猫尾巴的细长辫子还摇啊摇地从墙边露了出来。

我怀着紧张的心情走到远子学姐面前。

“听我妈说，远子学姐打过电话。昨天我先离开了，真是对不起。”

远子学姐只是担心地看着我。

“不会啦，我也有不对的地方，考试期间还硬拉你陪我出去，对不起哟！还好心叶今天有来学校。”说完后，远子学姐还是一副难以释怀的模样，垂下了眉毛。仔细一看，她的眼睛都红肿了。

“怎么了？”

我一问，远子学姐就无精打采地喃喃说道：“……流人从前天就没回家了。如果只有一天也就算了，可是他从来不曾像这样整整两天没跟家里联络。而且，昨天还是流人很期待的DVD寄来的日子。心叶，你最近常跟流人见面吧？有听他说过什么事吗？”

前天……就是我跟流人一起去雨宫同学家拜访那天嘛！

流人后来没有回家？难道……

此时上课钟声响起。

“不好意思，等考完试你再来一趟好吗？”

第一堂课的休息时间，我在人很少的走廊上向远子学姐说明了至今所发生的事。包括流人和雨宫同学正在交往、我们两人一起调查了雨宫同学，还有我们前天一起去过雨宫同学的家……

远子学姐的眼睛睁得浑圆。

“怎么会……流人竟然跟小萤交往……可是，那孩子明明有很多女朋友啊，到底是脚踏几条船啦？真叫人不敢相信。心叶也真是的，为什么不早点告诉我？”

“因为流人拜托过我，叫我务必对远子学姐保密啊！这是男人之间的约定。”

远子学姐好像很不能接受，涨起脸颊，气鼓鼓地瞪着我，但好像又想到现在已经不是该责备我的时候，所以又恢复为担心的表情。

“那么，流人和小萤应该在一起吧！不知道小萤今天有没有来学校？”

这时钟声又响起，我们只好先各自回教室。

第二堂课的休息时间，我跟远子学姐去了雨宫同学的教室。

问了她班上的女生后，对方回答：“雨宫同学啊？她从昨天就没有来上课了。对了，我还听说她决定结婚，所以不继续读书了。”

结婚！我跟远子学姐惊恐地面面相觑。

“这是小萤亲口说的吗？”远子学姐用异常高亢的声音问道。

“不是啦！好像是谁在教职员办公室里听到的，说我们班上有很不得了的流言。好像是说雨宫同学跟三年级的姬仓学姐陷入三角关系，被‘公主’给盯上了，所以不得不退学。”

“等一下，等一下，你说麻贵和小萤陷入三角关系，这是怎么回事？”我也跟远子学姐一样愕然地探出身去。三角关系？而且还是跟麻贵学姐？

“这个嘛，因为最近常有个穿着西装的高大男人开车来接雨宫同学，也有人看过姬仓学姐坐在那辆车上。所以雨宫同学和姬仓学姐分明就是跟同一个人交往。”

“远子学姐，麻贵学姐有男朋友吗？”

“我从来没听说过。”远子学姐摇头否认。

之后，我们去了麻贵学姐的教室，但是到处都找不到麻贵学姐，就连音乐厅也锁上了。

上课钟声响起，我们又慌忙地各自回教室。

我在走廊上跑着，脑袋一边思考。这到底是怎么回事？雨宫同学要结婚了？为什么这么突然？她要跟谁结婚？开车来接雨宫同学的男人就是黑崎先生吗？还是雨宫同学的新男朋友？那个人真的是麻贵学姐的前男友吗？另外，流人到底跑到哪里去了？

我想起穿着沾上血迹的白色睡衣，疯狂挥舞着高尔夫球杆敲打房里所有东西的雨宫同学脸上那种凄凉绝望的表情，背上不禁冒出冷汗。

我有一种很不好的预感。

放学后，远子学姐脸色发青地跑来我的教室。

看来她还是没找到麻贵学姐。

“心叶，我想去雨宫同学家里看看，说不定流人现在还在那里。”

第六章

因为这里是秘密房间

她喘着气，望着滴落的鲜血。

不行！不可以再跟我说话！不可以再牵我的手！不可以再接近我了！

他的脸颊、手臂，还有头发，都滴着鲜血。他横陈在她的脚边。

吸收了血液的地毯，逐渐被染成一片红色。

烧灼的喉咙和饥饿得扭曲的胃，都发出了悲鸣。她的视线中充满了整片鲜红。

他的腹部满是伤口。啊，血越流越多，已经止不住了。

他明明是那样温柔，明明是那样体贴，明明就像太阳一样绚烂耀眼。即使看到她沉着脸，也不会不高兴，还是一样朗声对她说着大胆到让人吃惊的话，或是告诉她很多有趣的事。只要跟她在一起，他的脸上永远都是兴高采烈的欣喜表情。跟她走在人群之中，他也会牵着她，对她笑得眯细了眼睛。他牵着她的那只手又大又温暖。只要是有他在的地方，就像永远待在阳光灿烂的白天。

怎么办，该怎么办才好？我竟然杀了他！

◇　◇　◇

天气突然变差，天空开始降起雨，也刮起风来。

坐落在高地的房子上方覆盖着黑云，越是爬上坡道，风就吹得越猛烈，好像要把伞从我们的手中夺走。

撑着紫色雨伞的远子学姐，还有撑着藏青色雨伞的我，各自握紧了自己的伞柄，好不容易走到门前，按下门铃。

但是，不知道是不是门铃坏了，里面没有任何回应。

跟我前天来的时候一样，大门还是没有上锁，轻轻一推就打开了。

"打扰了。"远子学姐小声说着，就带头走进去，我也跟着踏出步伐。

面对一楼阳台的窗户玻璃全都碎了，被扯下一半的窗帘在狂风中摇摆不定，远子学姐看见这副景象，吓得倒吸了一口气。

我们手上仍撑着伞，稍微探头进去看看屋里的情况。

屋内跟我前天看到的景象一模一样，地上满是玻璃和瓷器的碎片，电视和书柜上都有丑陋的裂痕。丢置在边桌上的破碎餐具也还是维持原状。不，可能是因为外面正在下雨，看起来似乎更加阴暗凄惨。

远子学姐握着伞柄的手轻微颤抖着。

此时，头上闪过一道雷电。

“哇！”远子学姐吓得缩起脖子。

狂风夹带着大粒雨滴，像落在热带雨林的暴雨一样倾注在我们头上，雨伞都啪嗤啪嗤地哀嚎起来了。

“啊！”远子学姐又大叫一声。她收起雨伞，就穿着鞋子直接从窗户爬进去，冲进房里。

她蹲在地上，捡起了某样东西。

“怎么了？”我跟着爬进去，对远子学姐问道。她颤抖着嘴唇，把手上的黑色手机拿给我看。

兔子造型的手机吊饰。这是流人的手机啊！

白色的兔子沾上了红色的污渍。我凝神一看，发现地毯上竟然还有血迹。

“这是流人的手机啊……流人到底发生了什么事！”

“这些说不定是雨宫同学的血吧，因为她四处敲碎玻璃，可能被割伤了。”

我为了让远子学姐安心才这样说，其实我的心中却像笼罩在头上的雨云一样，席卷着不安的漩涡。流人说过黑崎先生会跟踪他，而且还有像流氓的人跑来威胁他，甚至还曾经差点被车子撞到。

难道说，在我离去之后，黑崎先生回来了？

远子学姐把手机放进制服口袋，站起来走出客厅，四处寻找流人。她一边喊着流人的名字，一边慢慢打开一楼房间的门。

“流人！流人！听到的话就回答我啊！不好意思，有人在家吗？”

每次雷声响起，远子学姐就吓得缩成一团。

我们依次找过客厅和厨房，却不见半个人影。

"这扇门不知道是通往哪里?"

远子学姐正要走上二楼,突然发现楼梯的后面还有一扇门,就喃喃地说道。

"会不会是储藏室啊?"远子学姐转动门把,打开门。里面是一条往下延伸的楼梯,但是黑得看不见底。

远子学姐吞了一口口水。

"下去看看好了。"

"太危险了吧!"

"那么心叶就在这里等吧!"

"这怎么行? 啊,远子学姐!"

远子学姐明明害怕得牙齿打战,却还是慢慢走下楼梯,我只好赶紧跟上去。

我感觉此时有如在深夜中潜入了无底沼泽,冰凉而浓重的空气紧紧贴着皮肤。仍在外面轰隆作响的雷声,逐渐被我们抛在身后。

因为没有一丝光线,我们只能把手按在墙上,用脚尖一步步摸索,连呼吸都要压低似的缓缓前进。按在冰冷墙壁上的手指,也不由自主地紧张得直发抖。

"远子学姐,请打开手机的电源,应该可以拿来代替手电筒。"

前方传来沙啦沙啦的声音,远子学姐从口袋里掏出手机。

"咦? 奇怪? 要按哪里啊? 我……我对机械实在是一窍不通……"

"让我看看吧!"

一打开电源,手机屏幕的画面和数字霎时从一片漆黑里浮现。

我们靠着这微弱的光线继续往下走,不久就看到一扇好像很沉重的灰色门扉挡在眼前。

远子学姐敲敲门，没有人响应。

“打……打扰了。”她以细如虫鸣的音量通报之后，就拉开那扇门。

房里太黑暗，让人看不太清楚，不过好像还摆了床和书柜。我们战战兢兢地走进去，举高手机试着照亮四周景象，结果，一阵恐怖的感觉就像尖锐的冰箭从我的头顶贯穿到脚底。

毫无装饰的灰色墙壁上，密密麻麻地写了一大堆数字。

“42 46 43 1 31 20”

“42 46 43 40 42 43 7 14 43 36”

“478 13 15 43 13 7 33”

“45 43 45 41 17 23 11 35 2 35”

“31 29 14 5 16 43 4714”

“43 31”

“1 45 13 14 2 14”

“42 43 7 14 43 36”

“21 16 6 16 43 1 31 20”

“42 46 43 42 46 43 42 46 43 42 46 43”

红色的字、黑色的字、大字、小字、用心书写的柔和的字、写得很激动而潦草的字。

在墙上那一大片带有可怕魄力的数字之中，我仿佛看见无数张雨宫同学滴着鲜红血液的脸，摇曳不定地注视着我。

“呀啊！”远子学姐发出惨叫的瞬间，我们背后的门竟然关上了！

因此远子学姐又惨叫了一声。

我跑回门边，转一转门把，但是门把光是发出咔嚓咔嚓的声音，却转不动了。门被锁上了！

“开门啊！快开门啊！”

没有回答。只听见有个脚步声往楼梯上跑走了。

到底是谁把门锁上的！

意想不到的事态，让我的呼吸变得沉重紊乱，血液直冲脑门，开始有些晕眩。不行，现在不是该发作的场合！我用力捏着自己的手背，拼死维持着清晰的意识。我僵硬的手拿起手机对着墙壁，一边试着让快要爆发的心脏镇定下来，一边凝神细看。

墙上除了红色和黑色的大量数字之外，还贴了几十张照片。每一张照片里都有雨宫同学，而她的脸部被红色签字笔打上大大的“×”。我刚刚看见的流血的脸，原来就是这些照片。

松了口气的同时，又有另一种新生的恐惧跟寒意一起涌上来，让我拿着手机的手变得冰冷。

“奇怪，这些照片……”

我总觉得那些照片里的女孩有点不对劲，想要问问远子学姐的意见而转过头去。结果我一回头，就看到远子学姐蹲在地上，双手捂着耳朵，把脸埋在膝盖里不停发抖。那看起来不像普通的发抖，简直就像在寒冬的暴风雪中只穿了一件夏季水手服，整个人激烈颤动着。

我吓了一大跳，赶紧在远子学姐前方蹲下。

“远子学姐，你没事吧！”

“好讨厌……幽灵……好可怕……我对恐怖片……最害怕了……”远子学姐以前所未有的脆弱哭声断断续续地说着，我听了忍不住仰天长叹。

“什么嘛！你不是一直意气风发地说要把幽灵揪出来吗！而且还真的每天都去埋伏。而且你也说过什么幽灵啊诅咒啊都是不科学的东西不是吗？还说你绝对不相信呢！”

远子学姐头也不抬，只是摇摇头说：“如、如果心叶知道我最怕的就是幽灵，一定会故意写恐怖故事给我吧？所以我才要故意装出不害怕幽灵的样子嘛！”

“你在说什么啊，我才不会做那种事。”

真是搞不过她……不，我转念一想，说不定我真的会像远子学姐所说的，越来越常写恐怖故事或怪谈吧？

从我刚加入文艺社，就经常故意写些奇怪的故事，让远子学姐发出“好难吃啊”的哀嚎。一想到这点，就觉得她会对我有所警戒也是情有可原。

这么一说我又想到了，我在有奇怪纸张投进信箱那天，写了一个人面苹果纷纷掉落的故事，远子学姐当时的确是哭着哀嚎说好辣好辣。

既然害怕就不要吃嘛。不过我写的东西，远子学姐从来没有一次不吃完。虽然会抱怨说好难吃、好酸、好咸，但她终究还是会吃得干干净净，一点也不剩。

我想，就算我真的每天都写和幽灵有关的恐怖故事，远子学姐也一定会哭着吃下去吧……

远子学姐一边发抖，一边像是啜泣似的说道：“男、男生都一样……流人也是，小时候都会跟在我后面叫着‘远子姐、远子姐’，一副天真可爱的样子。但是后来却长得那么大只，脚上还长了腿毛，还变成那种不可一世的嚣张个性……每次被我教训之后，还会

故意朗读恐怖小说作为报复。心叶一定也是那样，一定会忘记学姐平日百般照顾你的恩情，像恶魔一样拼命写些人头啦，幽灵作祟啦，诅咒啦，像《八墓村》或是《狱门岛》（注 28）之类的故事给我看。”

“……平日百般照顾的恩情……我倒是觉得都是我在照顾远子学姐。”

我只说了这么一句话，远子学姐就吸着鼻涕哽咽地说：“你看，你现在就说这种话了。”

可是这都是事实啊！

“……我、我正在烦恼要怎么从幽灵的魔掌中守护文艺社时，心叶也是瞒着我跟流人往来，偷偷调查小萤的事……根本就把我……呜呜……当做是外人……呜呜……”

“……我哪有把你当成外人啊？”

低头露出发旋、一直哭个不停的远子学姐，看起来就像个小女孩，令我心中出现一种难以言喻的酸甜感觉。就像手上捧着小小的雏鸟，虽然有些不安，又令人感到温暖，是很不可思议的感觉。

为什么我老是这样，拿她一点办法都没有……

我蹲在远子学姐前面，歪头偷看她的脸，静静地说：“我是不想让远子学姐遭到危险啊！因为远子学姐动不动就鲁莽行事，做些很乱来的事……所以我很担心啊！我想流人一定也有着跟我一样的想法吧！毕竟远子学姐是女生。”

说出这番话后，我才真的注意到，我的确不希望远子学姐被卷入危险的事。

“什么鲁莽行事嘛，我……”

“可别说你从没做过那种事。”我冷静地挑明后，远子学姐又哽住声音，继续哭了起来。我不由自主地心软了。

"……要我借你手帕吗?"

"我、我自己有。"

"是吗……"

"不过还是跟你借吧!"远子学姐低着头说道。我从书包里拿出母亲熨过的水蓝色手帕,递给远子学姐。

"给你,擦一下脸吧!"

远子学姐白皙的手接过手帕,按在脸上。

"呜……都是心叶害我哭的啦!"

"对不起。"

"你真的好好反省了吗?"

"……是。"

"呜……"

"啊,不要用那个擤鼻涕哟!"

"呜……心叶真是冷漠……"

在这样的对话中,远子学姐终于停止哭泣,有点畏缩地从手帕后面露出脸来。

"哭成这样真是抱歉。手帕我会洗干净再还给你。"

远子学姐细心地把手帕折好放进口袋,有点不好意思地站起来。

"好了,现在应该来思考要怎么离开这里了。"她面带笑容地说完,一转头看见墙上的照片又惨叫一声蹲了回去。

"我、我都忘了,讨厌啦!有好多幽灵!"

"看仔细点,那些不是幽灵,只是照片啦!"

"咦……"远子学姐胆战心惊地望向墙壁,我也拿起手机照着那个方向。

远子学姐松了口气，然后站起身来走向墙边。

她用手指拂过写在墙上的数字，然后用理性的目光凝视着那些被打上“×”的照片。

“这些照片上的女孩……虽然看起来很像小萤，其实并不是小萤。”

“是啊，表情和发色都有微妙的差异。而且，衣服款式看起来很老旧……这件水手服就跟雨宫同学在中庭的时候穿的那件一样。”

穿着水手服站在校门口，脸上浮现灿烂笑容的少女。

穿着白色连身洋装，拿着水管，正在庭院洒水的少女。

穿着鲜亮和服，坐在皮制沙发上的少女。

虽然跟雨宫同学很像，但又不是雨宫同学……

“这个女孩——应该就是九条夏夜乃。”

恐怕是吧！照片中的夏夜乃，跟我在化学教室碰到的夏夜乃有着相似的神情。我一想到这才是真正的夏夜乃，就有种异样的感觉。

但是，为什么这面墙上会贴满夏夜乃的照片？而且，她的脸上还被红色的笔打了大大的“×”。

“这些数字跟写在那些纸张上的一样。”远子学姐看着用红色签字笔写的那些字，喃喃说道。

“夏夜乃和苍既然会用数字当暗号互通信息，那么这些数字说不定就是他们两人写的吧！你看，有两种不同的笔迹。夏夜乃的父亲过世后，苍就被夏夜乃的叔父兼监护人赶到地下室去住。说不定这个房间……”远子学姐扫视着房间的各个角落。

我也跟着移动目光。

被灰色墙壁包围的这个房间，没有任何窗户，家具只有一张书桌、一张桌子、一个书柜、一张床、一个衣柜。除了出口外，还有另一扇门，打开来后发现只是盥洗室。桌上有一个烛台，上面插了三支用过的蜡烛。

“这里会不会是苍的房间？”

“可是，我听说夏夜乃过世后，这间房子为了租给别人重新装潢过。那么当时写在地下室墙上的文字，应该不可能还保留下来吧？”

“是啊……那么，这个房间和墙壁上的数字，都是黑崎先生和小萤搬进来后，才变成现在这个状态的吧！所以写上这些数字的，也不是夏夜乃或是苍，而是小萤和……”远子学姐说到一半突然打住。

住在这个家里的，就只有雨宫同学和她的监护人黑崎先生，而写在墙上的笔迹有两种，所以能推论出的答案就只有一个。

“这些字……是小萤和黑崎先生写的。”

“为什么黑崎先生要做这种事？”

远子学姐的表情黯淡了下来。

“……我也不知道。我也不知道黑崎先生为什么要跟踪小萤的男朋友，甚至把人家弄伤……也不知道为什么他要如此监视小萤，束缚小萤……”

“远子学姐，要跟雨宫同学结婚的会不会就是黑崎先生？现在他虽然拥有监护人身份，得以掌管雨宫同学的财产，但是只要雨宫同学成年了，他的任务也就结束了。黑崎先生说不定是打算跟雨宫同学结婚，把财产全部据为己有。很可能就是这样，他才会在雨宫同学未满法定结婚年龄之前看紧她，不想让其他男人接近她。”

一想到这点，我发现所有状况都很符合这个猜测。

远子学姐的脸色变得越来越灰暗。

“如果真是如此……那流人现在一定很危险。”远子学姐的语气充满了对流人的担忧。她像是想要挥开这个不祥的念头似的用力甩头，然后自言自语地说：“不会的，流人才不会这么简单就被解决掉。他从以前就是个麻烦的孩子，常常让大家急得像热锅上的蚂蚁，可是后来都会平安回家。运势强到无法挡呢！”

这么说来他跟远子学姐很像嘛……

“我们现在的当务之急，就是找出逃离这里的方法。心叶，能不能打电话叫人来救我们？”

“不行啦，地下室收不到信号。”

“那么，我们来找找有没有什么能用的工具吧！像是榔头啦、电锯啦，还是塑料炸弹之类的……”远子学姐开始翻起桌子的抽屉。

“普通孩子的房间里，应该不会有那种东西吧！”

“这里看起来像普通孩子的房间吗？再说，只要抱着希望去找，就一定可以找到想要的东西。”

“是这样吗？”

“好啦，心叶别光是站在那里看，一起帮忙找啊！”远子学姐已经完全恢复平时的态度，开始对我发号施令了。我看着她摇来晃去的辫子，忍不住叹气，心想着“这个人就是这种德性”，然后也只得一起跟在房里翻箱倒柜。

因为找到打火机，所以我们点亮蜡烛，房间变得明亮一点。话虽如此，不过贴在墙上的照片表面反射了烛光，在昏暗的光线中看起来也变得更阴森恐怖……

远子学姐站在书柜前，感叹地说道：“哎呀……是麦克唐纳的童话全集。《北风的背后》《公主与妖精》《公主与柯迪》《妖精的酒》《轻轻公主》《金钥匙》(注 29)——哇噻！这套童话全集早就绝版了耶！啊，竟然会在这种地方让我碰上。保存状况也非常良好，看起来好好吃哟！”

现在都什么时候了，远子学姐对“食物”的热爱还是分毫未减，她几乎要把脸颊贴在书上摩擦似的，热烈地畅谈着：“乔治·麦克唐纳是十九世纪苏格兰的儿童奇幻作家，就连《纳尼亚传奇》的作者C.S.刘易斯和《魔戒》的作者托尔金都受到他深厚的影响，而且也是他挖掘出刘易斯·凯洛的《爱丽斯梦游仙境》，他对这本书的出版有重大贡献哟！尤其是C.S.刘易斯，他对麦克唐纳的喜爱程度已经到了甚至在自己的著作中提到他，还曾在他的自传里大力赞扬麦克唐纳的《仙缘》(注 30)呢！在麦克唐纳的作品中，生与死，光和影都是并存的。一翻开他的书，带有魔力的字句就会像庄严神圣的音乐一样响起，把我们四周的景色染上了破晓前的浅桃色和黄昏时分的褐红色哟！

“麦克唐纳的书，简直就像妖精做的面包，在舌上的触感柔滑细致，一入口就芳香四溢，咬起来又有嚼劲，好像是平时就吃惯了的东西，却又别有一番风味。吞下去之后残留在嘴里的味道也很浓醇呢！”

我听着远子学姐慷慨激昂的感想，同时想起在图书馆碰到雨宫同学时她读的那本书。

那本在封面内侧写了细小数字的书，也是麦克唐纳的著作。

此时，远子学姐突然讶异地说：“奇怪？少了一本耶！没有《日之少年与夜之少女》……如果那本也在，就是完整的麦克唐纳全集了。啊……不过这里有《轻轻公主》呢！这是另一家出版社的《轻轻公主》文库本，里面也一并收录了《日之少年与夜之少女》这个故事。嗯……真可惜，整套就只差这一本。”

“那本书被雨宫同学拿走了。”

我这么一说，远子学姐就迅速转过头来。

“咦？小萤拿走了？心叶怎么会知道？”

我把在图书馆碰到雨宫同学一事告诉远子学姐，也说出雨宫同学带着极为哀伤的表情，说自己也很希望能像书中的女孩一样走到白天的世界……然后，还说了我跟夏夜乃在化学教室谈过的那些话……

“所以心叶根本不是在搭讪女生嘛！”

“那是琴吹同学误会了啦！”

“是这样啊……误会了你真对不起。”远子学姐不好意思地低着头，“不过，原来小萤说过那样的话……夏夜乃说的话也让我很在意……”远子学姐一边喃喃说着，眉头也皱得更紧了。她开始把麦克唐纳全集一本一本抽出来，仔细检查里面有没有写上什么文字。

“唔……这本也没有，那本也没什么特别的……啊、啊，讨厌……我忍不住读起故事内容了。啊……这边的翻译跟我读过的版本不一样耶……啊，这个部分好像很美味……”

“你可别真的吃下去。”

“呜……我会忍耐的。”

真的忍得住吗？我怀着不安的情绪，开始在衣柜里面搜索。

“对了，远子学姐到底是付了什么酬劳，才从九条家女管家那里得来情报？”

我一时心血来潮，问了这个问题，远子学姐就以非常明显的惊愕声音反问："你你你你你说什么？"

"远子学姐从麻贵学姐那里问出情报了对吧？一定不是白白获得的吧？"

"那、那个跟现在的事又没有关系……"

"你脱了衣服吗？"我稍微往后一瞥，继续追问，远子学姐就强烈地否认了。

"才不是啦，我才没有脱衣服呢！只是……只是要穿上女仆的衣服，戴上猫耳的头饰，拿着托盘，跟她说一句：'主人，请问您决定好点什么了喵？'这样而已啦！"

远子学姐看到我整个人愣住，脸颊变得越来越红。

"……喵？你真的说了吗？还戴上了猫耳？"

"不、不要再让我想起来了。"

远子学姐转过身去，又继续翻起书。

"呜……这实在可以列入我这辈子最屈辱回忆的前三名。我绝对、绝对不要再拜托麻贵任何事了！"

从她的肩膀和辫子不停颤抖就可以看出，这件事真的让远子学姐非常懊悔。麻贵学姐也一定开心到不行吧……

我一件件翻着挂在衣柜里的老式洋装，一边叹气。

"真是的……远子学姐会答应的确让我不敢置信，不过麻贵学姐也太坏心眼了。我问她知不知道远子学姐去哪里的时候，她只是笑笑地说'去见艾伦·迪恩了'，而且还被传出跟雨宫同学有三角关系，这个人真是令人难以捉摸啊……"

我感觉到远子学姐转过身来了。

"艾伦·迪恩？麻贵是这样说的吗？"

我回头一看，发现远子学姐露出非常复杂的表情。

“是啊！”

远子学姐听到我的回答，又垂下眼睛，啪嗒啪嗒地翻起书本。她的眼睛并没有盯着文字，好像在思考其他的事。

我从衣柜里找到一个又大又扁的箱子，一边试着打开坚固的扣环，一边问道：“对了，艾伦·迪恩到底是什么意思啊？应该不是若林小姐的本名吧？”

那个扣环好像很不容易打开。

“不，不是的。艾伦·迪恩是……”

“哇！”

扣环突然被我扳下，箱子大大敞开，里面掉出一大堆绘画用具，还有一本素描簿。看来这应该是装画具用的箱子吧！

“呀！你没事吧？”

远子学姐也被我的惊呼吓了一跳。我慌慌张张地收拾好掉落的画具，也捡起素描簿。

“对不起，吓到你了。这好像是雨宫同学的素描簿，里面写着一年B班雨宫萤。我们学校的班级是用数字区分，不是英文字母，所以这应该是她初中时候的东西。”

打开一看，里面有好几张花朵的素描，是以炭笔画出草图，再用水性颜料着色。雨宫同学的画技挺不错的，画得就像照片一样精确。

“啊……”

“怎么了？”

远子学姐走到我旁边，一起看着素描簿，然后就跟我一样睁大了眼睛。

这一面画的是一位十岁左右的男孩，他有着蓬松的浅茶色头发，还有玻璃珠般的眼睛。那透露出孤独感的双眼，是淡褐色之上又加了一抹青色的神秘色彩。

再翻开下一页，则是画了这个男孩长大一点，大约是十四五岁的模样。再翻开一页，少年又年长了些，这张看起来像是十七八岁。

“这个男孩……难道就是苍吗？”

“可是，这本素描簿是雨宫同学的，画也是雨宫同学画的，所以雨宫同学在初中的时候就知道苍这个人了吧！”

“唔……或许吧……”远子学姐闭目沉思。

我继续翻到下一页。

然后，我发现里面夹了一张对折的纸。打开一看，上面写了平假名的五十音“あいうえお……”。最前面写了“从夏夜乃的‘夏’开始”，而五十音第二行的“かきくけこ”旁边还标上了一到五的数字。

从夏夜乃的“夏”开始

あ い う え お

1 2 3 4 5
か き く け こ

さ し す せ そ

……

我突然想起夏夜乃说的“提示就是我的名字哟”，心跳瞬间加快。

“远子学姐，这会不会就是夏夜乃他们使用的暗号的对照表啊？”

“让我看看。”

从夏夜乃的“夏”开始……远子学姐应该也发现这句话的意义了吧！她拿着刚才找到的红色签字笔，开始在其他的平假名旁边写上数字。

1	**2**	**3**	**4**	**5**
か	き	く	け	こ
6	**7**	**8**	**9**	**10**
さ	し	す	せ	そ
11	**12**	**13**	**14**	**15**
た	ち	つ	て	と

……

“か”是1，“き”是2，“く”是3……所以“さ”就是6，“し”是7——然后回到最前面，“あ”是42，“い”是43。

然后，写在稍远位置的“゛(浊音)”是47，“ ゜(半浊音)”是48。

全部写完后，我们拿着这张纸走到墙壁前，一个字一个字地对照这张表解读出来。

“……‘42(あ) 46(お) 43(い) 1(か) 31(や) 20(の)’……‘1(か) 45(え) 13(っ) 14(て) 2(き) 11(た) 33(よ) 1(か) 31(や) 20(の)’……‘42(あ) 46(お) 43(い) 40(を) 45(え) 43(い) 45(え) 41(ん) 17(に) 42(あ) 43(い) 7(し) 14(て) 43(い) 36(る)’……‘478(ず) 13(っ) 15(と) 43(い) 13(っ) 7(し) 33(ょ)’……”

“かえってきたよ，かやの”——回来吧，夏夜乃。

我像是被当头浇了一盆冷水似的全身颤抖。

写下这些数字的，就是黑崎先生和雨宫同学……还有，满满贴在墙上的夏夜乃的照片，和素描簿上的图画……我试着在脑中组织起这些事时，突然冒出一种想法。如果……如果被认为已经死亡的国枝苍其实还活着……如果他为了复仇，还先改名易姓才回来……如果跟夏夜乃非常相似的雨宫同学，被当成了夏夜乃的替代品……

远子学姐脸色发青地凝视墙壁，她颤抖着嘴唇，用硬挤出来的声音说：“心叶，我……我一直在想，我好像曾在哪里读过这个故事……这件事跟我知道的那个又哀伤、又凄凉、又痛苦的故事简直如出一辙……虽然目前还不确定，但是……但是，如果他是苍……而他的目的就是要对嫁给高志的夏夜乃以及周遭所有人复仇，跟那个故事几乎是完全地……”

此时一股灯油的味道冲进鼻子，我讶异地转头望向入口。

紧闭的门扉下方，逐渐流进某种液体。

“远子学姐，你看那边！”

“呀！那、那是什么？漏水了吗？还是洪水？”

“不，那是灯油啊！”

“咦！”

门的另一边好像有人，听得见泼水声。

我和远子学姐终于理解对方想要干嘛了，两人都吓得脸色大变。

“不、不要，快住手啊！”远子学姐一边敲门一边叫喊，对方却完全不加理会。这时传来了点着火焰的声音，一股臭味扑鼻而来。

“好烫！”远子学姐放开了握住门把的手。

“危险啊！快退后，远子学姐！”

我抓着远子学姐的肩膀，将她往后拉的同时，红色的火舌从门扉下方像大量蚯蚓般爬了进来。

◇　◇　◇

她把装了灯油的桶子搬到地下室，在地板和墙上都洒满灯油。

在二楼窗口看见他们走进来时，她的心脏几乎揪成一团，身体也炽热地颤抖。

那是穿着水手服的少女，还有穿着夏季衬衫和长裤的少年。看起来就像她在老旧照片上看过的他和她。

那两个人来了！

苍和夏夜乃！

他们从宇宙般深邃的黑暗里爬出来了，从遥远的过去变成幽灵在此苏醒了！

苍和夏夜乃打开一楼的门，四处找寻她。如果被找到了，他们就会把她的灵魂从体内拉出去，然后占据她空荡荡的躯体。

雷电交加，狂风几乎要吹断树木，大雨激烈地敲打着窗子。

怎么办？该怎么办才好？得躲起来不可，非得逃走不可。

她的胃剧烈地绞着，骨瘦如柴的手指紧紧交握在一起。

啊，脚步声逐渐走远了。他们往地下室走去了。去到他和她的秘密房间。

天上电光一闪，雷声震耳欲聋。仿佛是那道光芒为她带来天启似的，她从房里飞奔而出，在倾盆大雨中也不撑伞，就直接走到室外的储藏室，抱起装着灯油的桶子。

一切都要结束了。这次她一定要把搅乱自己命运的那两个人斩草除根。

大雨之中，她赤脚踩在泥泞的地上，激动地喘着气，抱起桶子走向地下室。

杀吧，杀吧，杀死那两个人吧！

泼洒灯油时，她的耳中似乎听见了“住手，快住手”的呼喊。就算求饶也没有用。他们已经死过一次，再把他们赶回地狱又有何不可？

她划了一根火柴，丢在流满灯油的地上，终于露出满足的笑容。

“再见了，苍。再见了，夏夜乃。”

◇　◇　◇

“哇啊！”远子学姐抓起床上的棉被，试着扑灭火焰。

但是，黑烟却不断从门缝中冒进来。我也拿起坐垫和远子学姐一起灭火，还一边拼命咳嗽。远子学姐的眼中也浮现出泪水，一样咳个不停。

“再这样下去就死定了，远子学姐！”

“不行啊，这样连珍贵的麦克唐纳全集都会被烧光啊！虽然我已经看过新译的文库版，但是我一直都梦想着可以吃到一整套的精装本啊！我绝对不要眼睁睁地看着美食在我面前化为焦炭啊！”

“与其担心书会变成焦炭，不如先担心自己变成焦炭吧！”啊，都这种时候了，我竟然还有心情跟远子学姐抬杠！

狭窄的房里到处弥漫黑烟，眼睛都被刺得流出眼泪来了，剧烈咳嗽也让喉咙变得好痛，快无法呼吸了。

我就要跟远子学姐一起死在这里了吗？

远子学姐还不肯放弃，继续努力灭火，她一边拼死挥舞着棉被，一边大喊着：“不行！不可以烧啊！书烤得太焦就不好吃了！”

当我正在佩服远子学姐对美食竟然可以如此执著时，就听见有人啪搭啪搭跑下楼梯的脚步声、像瀑布猛力冲刷的激烈水声、喷气机起飞的声音，还有喧闹的人语声，有各式各样的声音混杂在一起。

门被打开来了，我看到身穿制服、抱着灭火器的麻贵学姐出现在眼前，不禁感到震惊。

麻贵学姐为什么会在这里！难道她每天都在跟踪远子学姐？

远子学姐也露出惊愕的表情。

麻贵学姐拿着灭火器喷往着火的地面，大量的白色泡沫随着“噗咻”的声音激射而出。

麻贵学姐的身后还有两个男人，也跟着一起灭火。其中一个男人的长相我还记得，就是前晚麻贵学姐去警察局接远子学姐时，也一起带去的司机先生。

火势完全扑灭后，麻贵学姐对其中一个男人指示“把医药箱和毛巾拿过来”，然后就看着我们，扬起性感的嘴唇，轻轻地笑了。

“真是千钧一发。好啦，我该跟你们收取什么报酬呢？”

第七章

饥渴幽灵的故事

夕暮时分,我们坐在位于音乐厅的画室里,终于从紧张感中解放出来。

救了我们的高见泽先生,端来了用细致白瓷杯盛装的红茶。身材颀长、穿着高级质料西装又梳了整齐发型的他,似乎是麻贵学姐祖父的部下。从一楼房间拿来医药箱,帮远子学姐治疗烫伤的也是他。

高见泽先生以一丝不苟的优雅动作行礼后就离开了,画室里只剩下我和远子学姐,还有麻贵学姐三个人。

远子学姐抱着从雨宫同学家里拿来的素描簿,抿紧嘴唇、表情僵硬地低头坐在椅子上,她的右手还绑了绷带。

在回来的车上,远子学姐也是像这样板着脸,从书包里拿出学生手册,不发一语地边翻边看,眉毛越皱越紧。相反地,麻贵学姐倒是心情很好的模样。

“他泡的茶可是极品哟!请你们务必尝尝看。怎么了?你们好像很没精神。算了，毕竟你们差点就像圣诞节的火鸡一样被烤熟了，受到惊吓也是在所难免。”

远子学姐低着头说：“麻贵，我问你……为什么你会出现在小萤家？”

麻贵学姐拿着红茶的杯子走到窗边，浅浅地笑了。

“我在车上不是解释过了吗？因为你们好像为了雨宫的事忙得不可开交，把我的兴趣都挑起来了，所以我也试着调查一下。后来到雨宫同学家的时候，就看到窗户都破了，房里一片狼藉，地下室还不断冒出浓烟，让我吓了一大跳。不过幸好赶上了。”

“……真的是这样吗？”

远子学姐把素描簿放在桌上，站了起来。

“小萤班上的同学都说，你的男朋友被小萤抢走了。我从来不知道你跟小萤有这样的三角关系。”

“难怪你不知道，就连我也是第一次听说。”麻贵学姐一脸诧异地说着，“怎么会有这种谣言啊？”

“麻贵，你说过你只是在初中的时候跟小萤参加同一个社团，并没有特别亲近。但是，小萤的事、夏夜乃的事，还有黑崎先生的‘真正身份’——其实你都一清二楚，对吧？”

远子学姐和麻贵学姐的视线互相纠结着。

远子学姐极富知性的澄澈漆黑眼睛，紧盯着麻贵学姐闪烁着尊贵光芒的淡褐色眼睛。

我在一旁屏息看着这两人的对决。

“我听不懂你在说什么，远子。”麻贵学姐还是面带笑容地回答，她脸上的高傲神情就跟昨天放学后应付我的时候一模一样。想要从这个人的嘴里套出实话是很困难的，远子学姐会有胜算吗？

远子学姐盯了麻贵学姐好一阵子之后，起身走了出去。

她发出喀嗒喀嗒的脚步声，摇曳着两条辫子，走到书柜前。她站定脚步，细长的手指从上面抽出一本书，然后凛然地读出那个书名，“《呼啸山庄》——这是英国女作家艾米莉·勃朗特在维多利亚时代的十九世纪所出版，充满争议性的著作。原书名是‘Wuthering Heights’——Wuthering这个词汇是在形容没有天然屏障的高地上吹起的暴风雨，那种骇人的猛烈与强劲。”

我的心中不禁涌起一股疑惑。这本书跟麻贵学姐有什么关系？

远子学姐拿着书本，仿佛洪水决堤般滔滔不绝地说：“一八〇一年——故事的开头是，住腻了都市，想要与世隔绝的绅士洛克伍德，造访了盖在风势强劲的山丘上的坚固庄园。在那里当女佣的耐莉，对着洛克伍德这位听众诉说了呼啸山庄上的那两位男女，以及他们与周遭人们之间几乎令人喘不过气来、爱恨交加的往事。一七七一年的夏天——收获季刚开始之际，山庄主人恩萧先生去利物浦工作，回来时还带了一个男孩。恩萧先生用他已经死去的长子名字，替这个衣衫褴褛的肮脏小孩命名为希斯克利夫，并且让他住在呼啸山庄里。

“恩萧先生还有一个亲生的儿子辛德雷，以及一个女儿，名叫凯瑟琳。辛德雷非常嫉妒受到父亲宠爱的希斯克利夫，暗中对他怀着扭曲的憎恨心情。但是凯瑟琳却很快地跟希斯克利夫要好起来。两人每天都会跑出山庄，在荒野里玩耍。他们两人就像共享了同一个灵魂，一分一秒都不愿分离，强烈地需求着对方。

“但是过了六年，恩萧先生死了之后，辛德雷就把希斯克利夫的一切都夺走了，彻底地贬低他、羞辱他、虐待他，以使唤奴隶的态度对待他。

“凯瑟琳和希斯克利夫两人，从此被千金小姐和佣人之间的巨大鸿沟给隔开了。

“在这期间，凯瑟琳认识了住在山脚下画眉田庄里的林顿家长子埃德加。身份高贵又有优秀教养的埃德加，迷恋着凯瑟琳的美貌，而凯瑟琳也接受了埃德加的求婚，答应嫁给他。知道了这件事的希斯克利夫因为太绝望，就从呼啸山庄里失踪了。”

远子学姐像是在荒野上刮起的暴风一样，劈里啪啦说了一大篇，我一边听着，就想起夏夜乃和苍的事情。

主人捡回来的少年、经常吹着暴风的高地山庄、住在山庄里的骄傲少女——少年和少女的灵魂相系，很亲密地生活，但是在身为保护者的父亲过世后，情况就有了重大转变。

少年被当作佣人，沦落到无法随便跟身为千金小姐的少女交谈。长大后出落得越来越美丽的少女却背叛了少年，嫁给了有钱的青年。

远子学姐说的这个希斯克利夫和凯瑟琳的故事，简直就是苍和夏夜乃的故事翻版嘛！

“三年后——一七八三年的秋天，希斯克利夫赚到一笔可观的财富，衣锦荣归呼啸山庄。虽然他变得像真正的绅士一般高贵优雅，但是他却展开复仇。首先对凯瑟琳的哥哥辛德雷设下陷阱，把他的财产和呼啸山庄都抢了过来。接着，又诱惑了埃德加的妹妹、凯瑟琳的小姑伊莎贝拉，然后带着她私奔了。

“凯瑟琳后来变得疯狂。她开始绝食，又罹患重病，在生下女儿之际就因为难产而过世。希斯克利夫失去形同自己灵魂另一半的凯瑟琳之后，陷入更强烈的孤独和绝望的深渊，终于化为复仇的厉鬼。

“辛德雷死后，夺取了呼啸山庄的希斯克利夫完全不让辛德雷的儿子哈里顿受教育，只把他当作佣人使唤。还企图让自己跟伊莎贝拉生的儿子林登，和凯瑟琳的女儿——也和母亲取了相同名字的凯瑟琳二世结婚。

“希斯克利夫设下奸计，他把凯瑟琳二世诱骗到呼啸山庄，关在房里，逼她跟林顿结婚。在这期间，凯瑟琳二世的父亲埃德加染病身亡，所以娶了凯瑟琳二世的林顿顺理成章继承了所有的财产，但是体弱多病的林顿不久也死了，所以希斯克利夫得到了林顿和恩萧这两个家族的土地和资产，儿媳妇凯瑟琳二世也以未亡人的身份，跟希斯克利夫一起住在呼啸山庄里。”

彼此纠缠、彼此束缚、彼此伤害、彼此争夺的人们的故事——远子学姐就像在诉说一个现实世界发生的故事，以令人为之鼻酸的悲痛语气娓娓道来。而且，我在听着这个故事的同时，也像在拼拼图一样，把我知道的那些人物形象拼凑起来。

跟雨宫同学姑妈结婚的黑崎先生。

他在雨宫同学的父亲和姑妈死后，成为雨宫同学的监护人，并且担任公司的董事长。后来，他卖掉了雨宫同学从小住到大的房子，搬到夏夜乃在高地上的老家，在那里跟雨宫同学一起生活，还不择手段地一一排除掉接近雨宫同学的人们……

黑崎先生为什么要做这种事？他的目的到底是什么？

“这个故事跟小萤被卷入的状况非常相似。我一开始还没有注意到，因为要断定小萤的故事就是《呼啸山庄》的话，还少了希斯克利夫这个角色——那个拥有可怕的意志，像太古时代遗留下来的恶灵，在呼啸山庄之中兴起暴风、拥有强烈存在感的复仇者……

“小萤如果只是跟监护者姑丈一起住，应该还不至于烦恼到罹患厌食症。当我见到女管家若林小姐，知道有苍这个人的存在时，都还无法确信。因为我以为苍在很久之前就死了，是个已经退场的角色。

“但是，如果苍还活着——如果他只是改了名字、换了立场，以复仇者的身份回来……”远子学姐暂时停下话端，喘了口气，又继续说，“心叶从黑崎先生公司的职员口中，听说黑崎先生的视力好像不太好，所以总是戴着浅色墨镜，头发也染成浅茶色。黑崎先生在就任董事长之前好像一直是黑发，但在任职典礼当天却染发现身，让公司职员都大吃一惊。不过我在想，黑崎先生原本的头发真的是黑发吗？说不定茶色才是他原本的发色，后来只是把染黑的头发再恢复原状。他之所以要戴墨镜，或许也是因为不想让人看见他眼睛的颜色吧！”

远子学姐并不是侦探，而是个只会阅读和幻想的“文学少女”。所以这不是“推理”，而是“想象”。

但是，远子学姐的声音和话语都渗透到我的脑中，抓紧了我的心。

“我听说苍是个混血儿，眼睛和头发的颜色都比较浅。正是因为他的眼睛会因为观看角度不同而显出茶色或青色，所以夏夜乃才帮他取了‘苍’这个名字。如果黑崎先生就是苍，应该会为了防止被苍的故人认出而染发，戴上墨镜，来改变自己的形象。

“然后，如果我猜得没错，黑崎先生真的是苍，那小萤就等于是凯瑟琳·林顿——也就是凯瑟琳·恩萧的女儿，而黑崎先生就是希斯克利夫，这么一来，《呼啸山庄》的主角就到齐了！”

远子学姐明亮漆黑的眼睛，直勾勾地看着麻贵学姐。

沉静的画室响起她询问的声音，“我一直没有发现这个事实，麻贵，其实你早就知道了。我去找女管家若林小姐的时候，你就告诉心叶‘远子去见艾伦·迪恩了’，对吧？艾伦·迪恩就是在《呼啸山庄》中被称为耐莉，在恩萧和林顿两家工作过的女管家吧！

“同时，她也是从头到尾看着这个故事上演，并且把希斯克利夫和凯瑟琳这段爱恨交加的剧情告诉从都市来的洛克伍德的‘叙述者’啊！

“我听心叶说你把若林小姐称为艾伦·迪恩的时候，就知道你已经了解所有内幕了。在中庭的信箱里放入烧焦纸张和染血纸张的人，也是你吧？麻贵？”

远子学姐翻开手上的精装本，像速读一样开始快速翻起书页。

“写在纸张上的文字，都是出自《呼啸山庄》里面的文句。‘恶魔附身的猪群’——这是初次造访呼啸山庄的洛克伍德，被养在那里的狗攻击之际，对希斯克利夫大叫的台词——‘恶魔附身的猪群，都没有阁下的狗来得凶猛呢！’这是沿用圣经上的叙述。在《呼啸山庄》中，还有不少地方也引用了圣经的词句或文章。‘我要让你吞下这把切肉刀’——这是辛德雷醉醺醺地回家，对耐莉口吐恶言时说的台词。‘不祥的鸟’则是耐莉在苦劝爱上了希斯克利夫的伊莎贝拉时说的台词。‘在墙壁涂上鲜血’，是受到辛德雷欺压的希斯克利夫对耐莉说出的抱怨之词。‘巢中的细小骸骨’，是陷入疯狂的凯瑟琳，把枕头里面的羽毛都抽出来排在床上，一边胡言乱语所说的台词。

“然后‘我回来了’——这是在一个下着暴风雨的夜晚，凯瑟琳的亡灵用小小的手敲着窗户，拜托洛克伍德让自己进去时说的台词！之后，希斯克利夫还打开窗子，对着刮风下雪的漆黑夜色，热泪盈眶地大喊:'回来吧！回来吧！'"

远子学姐啪的一声阖上书本。

麻贵学姐的嘴边还保持微笑,就像衷心期盼着受到远子学姐的质问,带着一丝窃喜的笑容,她闪亮的眼睛里,似乎也流露出邪恶的愉悦神情。

"……文艺社发生的幽灵骚动事件的幕后主使如果是你,一定可以很容易就做到吧！话说回来,一开始就把小萤受诅咒这件事告诉我们的,也是麻贵你吧？你之所以告诉我若林小姐的店,也是因为如果把我骗去调查夏夜乃的事,我就不会继续注意小萤了,不是吗？

"还有,你在地下室救出我们的时候,对高见泽先生说'把医药箱和毛巾拿过来',没错吧？你并不是说'找出来',而是说'拿过来'。如果你是第一次踏进这间房子,做这种指示不是很怪吗？我本来还以为你的车上也备有医药箱,但是高见泽先生很快地就从一楼的房里拿出医药箱和毛巾。看来就像你们对这间房子里什么东西摆在哪里都一清二楚。

"小萤班上的女生说,曾有穿着西装的高大男人开车来接小萤,而且也有人看过麻贵坐在那个人的车子里。

"我在想,那个人会不会就是高见泽先生？之所以会有你跟小萤互为情敌的流言传出,就代表你通过高见泽先生和小萤有所交流,不是吗？那间高地上的房子,你也不是第一次去吧？"

远子学姐毫不放松地继续说:"也有人说过,在《呼啸山庄》中巧妙操纵着希斯克利夫和凯瑟琳,编织出这个悲剧的人其实就是耐莉,一切都是耐莉设下的圈套。如果用这种角度去读《呼啸山庄》,所有事件都会显现出崭新的局面。就连被伊莎贝拉说成'他真的是人吗?’‘如果他不是人,那就是恶魔吧?’的希斯克利夫,也不过是被耐莉玩弄于股掌之中的傀儡。耐莉看着一切,对一切了然于心,甚至可以在没有人识破的情况下,悄悄改变故事的走向。小萤的艾伦·迪恩,其实就是你吧?麻贵?”

“如果我说我不知道呢?”

麻贵学姐依然面带微笑,望着远子学姐。

风雨皆已停息,夕阳余晖照耀下的画室中,充满了宗教意味的宁静。站在窗边的麻贵学姐,头发在窗外射入的洁净光芒的辉映之下,变得金光闪闪。

远子学姐稍微皱起眉毛。

“没有用的,我不会相信你。麻贵,你留给我这个‘文学少女’太多线索了。”

接着她又恢复了凛然的表情,把书本放回书柜,然后信步走到盖着布幔的画架旁,单手揭开布幔。

长方形的画布上,就是我之前看到的那幅画。

以黑色和绿色为基调,感觉像是外国或异世界一般的夜晚的丘陵——天空积满了浓厚的乌云,草木被狂风吹得弯下腰。那是一幅仿佛可以从中听见激狂风声和猛烈雨声,令情绪忍不住澎湃得想要大声叫喊,又阴暗又沉重的狂乱景象……

远子学姐站在画架旁,斩钉截铁地说:“这幅画就是《呼啸山庄》吧!”

麻贵学姐好像终于服输了,她缓缓闭上眼睛。

“是啊!我本来还以为远子没读过《呼啸山庄》呢……因为那

个故事的口味太重了，而且还有你最讨厌的幽灵。”

原本一脸严肃盯着麻贵学姐的远子学姐，突然缩了一下肩膀，惊愕地问道：“你为什么知道我的弱点？”

麻贵学姐对远子学姐眨眨眼：“因为我爱你啊！”

远子学姐立刻红了脸。她有点生气地鼓着脸颊，流露不满的眼神，但是一下子又恢复原状，一脸认真地说：“我可是深爱着世上所有故事的‘文学少女’哟！不管是怎样的书，我都会好好品尝，然后吞下去的。”

这句话并不是比喻，而是完全符合字面上的意义。但是我想这一点就连麻贵学姐也猜不到吧！麻贵学姐听到远子学姐说的话，就露出微笑。这不是她平时那种高傲的笑容，而是更温柔，还带点寂寥的微笑。

“没办法。是我太大意了，‘文学少女’小姐。”

远子学姐转为悲伤的表情。她垂下眉毛，眼底笼罩一层阴影，仿佛正在忍耐着痛楚，她走向麻贵学姐，问道：“小萤到底做了什么？你应该都知道吧？麻贵？还有，流人现在在哪里？”

麻贵学姐回答：“那位活力太充沛的少爷，现在正在我祖父熟识的医院里疗养。他的腹部有九处刺伤，不过还是活得好好的。”

◇　◇　◇

在她还小的时候，母亲拉着她的手到那间盖在高地上的房子。

庭院里的树木终年受到狂风吹袭，都倾斜成奇怪的角度。只要一打开窗户，强风就会高高吹起窗帘，像野生的悍马一样扫过屋中各个角落，桌上书本的书页也会被吹得不停舞动。

"这里的风太强了，我们去楼下的房间吧！"母亲这么说着，就带她走进地下的灰色房间。

"这里是秘密的房间哟！但是，我只告诉你一个人。"

这是母女俩的秘密。这甜美而不道德的约定，以及母亲温柔的微笑，让她的心骚动起来，就像站在无路可逃的悬崖上一样恐惧不安。

"也不可以跟爸爸说吗？"

"嗯，不可以说哟！"

母亲伸出白皙纤细的手指，轻轻押在她的嘴唇上。

"妈妈以前会跟一个很要好的男孩一起在这个房间里玩耍，有时看书，有时说话，有时还会写信。"

"两人都在同一个房间里也要写信吗？"

"是啊，那是我跟他想出来的秘密暗号。你看，都还留在墙上。"

母亲指着的墙壁，排列着几串数字。

她专注地看着那些咒语般的文字，轻轻地念着："'42 46 43 21 1 31 20 20 30 20 1 31 20 21 42 46 43 20 30 20'——'478 13 15 43 13 7 33'——这是什么意思？"

母亲吃吃地笑了，"这是我跟他的秘密，所以不可以告诉你。妈妈在学校也留下了好多暗号，如果那个男孩回来了，或许就会看到妈妈写的这些暗号了。"

"那个男孩离开了吗？"

“是啊……因为妈妈惹他生气了，所以他去了好远的地方，也不知道什么时候才会回来……”母亲很难过地说着，然后就紧紧抱住她。她感到母亲的肩膀轻轻震动，好像在哭，所以不敢再继续追问那个男孩的事。

母亲过了一会儿才抬起头来，摸摸她的头，红着眼对她微笑，“来，这本书给你看。这个故事叫《日之少年与夜之少女》，我跟他都很喜欢喔！”

让母亲这么伤心的他，到底是个什么样的人？他们的感情这么要好，可是他为什么要离开？

某一天，母亲给她看了一些照片，还小声地跟她说一定要保密。

那是个稍微比她年长的少年，有着浅茶色的头发，还有一双带点青色，像琥珀一样的眼睛——还有看起来稍微年长一点的少年身穿初中制服的照片。

“你看，他的眼睛很漂亮吧？”

她觉得那个少年的眼睛看起来非常寂寞。

就好像没有同伴的野猫，有一双哀伤的眼睛。

这个男孩一定很喜欢母亲吧……

她的心中，好像有什么开始蠢动。就像水鸟的翅膀在水面轻微掠过，是带了一点悲切的奇妙感情。

她的父亲是个温柔又稳重的人，她的姑妈则是个优雅的美女。

这两人对她都很慈祥，对她灌注了像是清冽泉水般的大量感情。

“真的很像妈妈。尤其是眼睛，简直就是一个模子印出来的。”

“就是啊，鼻子和嘴也都不输给妈妈哟！长大之后一定会变成像你妈妈那样的大美女。”

“恭喜你成为初中生，你很适合穿这套制服。让我想起跟你妈妈刚认识的时候。”

“因为哥哥是在夏夜乃读初中的时候对她一见钟情的嘛！”

“我没事，只是很普通的发作，很快就可以出院了。还没看到你穿新娘礼服的模样之前，爸爸绝对不会死。你妈妈穿上新娘礼服的样子非常美丽呢！爸爸知道可以跟妈妈结婚时，高兴得简直要飞上天了。你一定也很适合白色的礼服和头纱。”

“等到那一天，一定要让姑妈代替你妈妈的位置，我们约好了哟？”

“——小姐，餐点已经准备好了，请享用。”

“我要开动了。”

“如何？——小姐？”

“哇，太好吃了！”

“太好了，想要多吃一点就尽管说，还有很多喔！”

她的父亲和姑妈，还有精于厨艺的温柔女管家，总是以充满慈爱的目光看着她。

她生活的这个家里，就像天上乐园一样又温暖又清新，院子里还种满了很多她喜欢的花。院子里的和风，从不曾吹落把树上点缀得一片鲜绿的叶子。

而“他”一定是会在这个乐园里引起风暴，摇荡树木，把花吹落

土中的人。所以关于他的事，她务必要瞒住父亲、姑妈，还有温柔的女管家。绝对不能在家里翻开那本素描簿。

◇　◇　◇

流人的腹部捆满绷带，外面再套上T恤、穿着睡衣坐在后座。大概是伤口还在痛吧，他不断痛苦地喘着气。

“……呜。”

我和远子学姐、流人、麻贵学姐四个人坐在麻贵学姐的车上，朝雨宫同学家开去。

外面一片漆黑，就连照在车窗上的路灯光芒都消失了。

在学校的画室中，麻贵学姐终于承认就是她给雨宫同学建议之后，我们就一起去流人所在的医院。

远子学姐看见躺在病床上吵着出院的流人，原本紧张的心情好像也放松下来。她垮下原本绷得死硬的脸，低下眉毛，露出泫然欲泣的表情。

然后，她往睁大眼睛看着她的流人走去，握起拳头在流人的头上用力一敲，“你这孩子真是的，为什么老是要人家这么担心？你那种狗屎运可不是每次都有用的哟！”

“……好痛耶，远子姐！可是，我非得去找萤不可啊！她打算对黑崎复仇。我一定要阻止她才行！”

流人坐在车中，不时扭曲面孔，痛苦呻吟，但他还是紧咬着牙，把这段时间的事情说出来。

那一天，我看到流人抱住雨宫同学的时候就离开了，之后流人开始说服雨宫同学去住他家，“我觉得你不要再继续住在这里比较好。我会帮萤找到一个可以安心居住的地方。在那之前，就先住在我家吧！我家没有爸爸，只有妈妈和姐姐，我妈也不太会干涉我。”

“可是，她突然变得很害怕，就推开我，还哭喊着不要。她一边发抖一边说这样不行，她不可以擅自离开这个家。她好像很激动、很混乱，一直说着幽灵要来啦、会被吃掉啦、自己就是幽灵啦、一定要遵守跟妈妈的约定才行啦、她并不是她妈妈之类的……其他还有很多，总之就是很慌张地说个没完。”

流人很痛苦地皱着眉头，发出呻吟，好像连呼吸都很不顺畅，不断反复着喘息般的吸气吐气。

远子学姐看到流人这副模样，似乎也很不忍心。

“呜……她还说要对黑崎复仇。她说只要自己满十六岁，就有办法了。还说麻贵学姐会大力协助她……麻贵学姐，就是你建议萤满十六岁就立刻结婚，让黑崎没办法继续当她的监护人吗？”

流人被汗水遮蔽的视线，还是憎恨地瞪着麻贵学姐。麻贵学姐以忧郁的表情看着后视镜中的自己，没有回头直接就回答：“是的，我是这样对雨宫同学说的。说她如果愿意，我可以帮她从姬仓一族里面找出适合的对象。像她这样拥有大笔财产的女孩，一定有不少男人想要当她的丈夫。当然黑崎也没办法从中作梗，我赌上姬仓一族的威信，一定会保护雨宫同学和她的对象。”

为什么麻贵学姐要跟雨宫同学说这些话？

更奇怪的是，麻贵学姐为什么要这么帮雨宫同学的忙？她又是从何时开始插手这件事的呢?

我心中的疑问堆积如山,但是一听到关于雨宫同学结婚的话题,我还是努力听着他们的对话,惟恐有半点遗漏。

"啊,萤也是这么说的。她说就算是黑崎,也没办法对麻贵学姐下手。她想要从黑崎手上获得自由,就只有这个办法,还说这就是对黑崎的复仇。

"我用力摇着萤的肩膀,跟她说不要因为这样而结婚,我会好好保护她。但是萤完全听不进我说的话,只想跑出去,在我硬拉住她的时候,萤就捡起地上的瓷器碎片,刺伤我的腹部。

"她一边刺我,一边向我道歉,说着'对不起'——还不只是一次,而是哭着说'对不起''对不起',连续刺了我好几次——就算我已经跪下,已经倒在地上了,她还是像被什么附身一样继续刺我。"

我的脑海中浮现出那个景象,不由得背脊发冷,全身寒毛直竖。

那样温和乖巧的雨宫同学,竟然会不停哭泣,一边举起破碎的瓷器不断刺向流人血流如注的腹部,这种情景怎能不叫人感到战栗?

"我猜得一点都没错,她的确是个危险的女人。但最令我不甘心的是,她并不是因为爱我才这样伤害我。呜……如果她真的是因为爱我才刺伤我,就算我被杀死了也不会有半点怨言。"

流人的脸上露出苦笑。远子学姐就揪着他的耳朵大骂:"不要再说这种傻话了!被伤成这样还保得住一条命,你已经该感谢祖上积德了!"

"好痛好痛,远子姐,好歹我也是个病人,你下手就不能轻一点吗？”

“真是的，流人真是大笨蛋！”远子学姐含着泪，鼓起脸颊，又是生气又是伤心。

幸亏雨宫同学拿的瓷器碎片还算小，并没有造成致命的伤口，所以后来才能被找上门来的麻贵学姐平安地送进医院。

“是雨宫同学打电话给我的，她很虚弱地说：‘我杀了流人……该怎么办？麻贵学姐？’……她现在的精神状况很不稳定，非常危险。她说现在就连自己在什么地方，自己叫什么名字都不记得了。但是她从来不曾像这样伤害别人，所以她自己也真的被吓到了……

“她说不想再发生这种事了，希望我帮忙盯着她。我本来想要把她安置在我看得到的公寓，但是她说不希望离开那个家……结果就跟我担心的一样，她这次竟然把远子和心叶你们关在地下室，差一点就把你们两人烧死了。”

远子学姐或许已经想象过这种可能性，看起来并不惊讶。而我如今也觉得，如果是雨宫同学，的确很有可能做出这种事。

如果我在化学教室碰到的那个既强势又豪放的九条夏夜乃，其实就是雨宫同学的话……

麻贵学姐以淡淡的口气说出事实：“你们猜得没错，黑崎保就是从小住在夏夜乃家的国枝苍。虽然传说他早就死在国外，其实是靠着非法赚来的金钱买到别的名字和户籍，然后回到日本。”

黑崎先生的目的，是要对舍弃自己的夏夜乃复仇。但是夏夜乃已不在人世，所以他复仇的对象就转变成夏夜乃的女儿雨宫同学。

因为失去了又爱又恨、如同自己灵魂的一半的女性而绝望的他，想必一定会变得越来越疯狂吧！

我想象着黑崎先生的心情，脑袋开始热了起来。

他把灵魂卖给恶魔，让时间回到过去……他获得了自己住过的房子，还把那个地下室整顿得跟从前一样，让他们两人的秘密房间复活，甚至让死去的夏夜乃也复活了。

他让貌似夏夜乃的女儿作为替身，教导她夏夜乃的口气、表情，还有神态，把她塑造成另一个夏夜乃。

在那个地下室里，雨宫同学丝毫不能拥有自己的意志，只能被逼着扮演夏夜乃，如果不乖乖照做就没有饭吃。雨宫同学在那个地方，只能以九条夏夜乃的身份活下去。

在夏夜乃的照片上用红色签字笔打叉的人，一定也是雨宫同学。

她是抱着怎样的心情，在母亲的脸上画下一个又一个的“×”呢？又是以怎样的心情，把那些纸张投入我们的信箱？

“救救我”

“憎恨”

“别过来”

“幽灵”

在绝望中变得越来越疯狂的雨宫同学，也开始会在地下室之外的地方变成九条夏夜乃。对雨宫同学来说，一定会觉得自己的身体就像被夏夜乃给夺取了一样吧！

自己会不会在某一天完全变成夏夜乃，而萤就这样从世上消失了？

虽然她这么担心着，却又无能为力。她因为极度饥饿和苦恼，逐渐变得无法分辨现实和幻想，所以就把我和远子学姐看成了从遥远的过去苏醒的苍和夏夜乃的亡灵。因此,她才会把我们关在地下室,打算烧死我们。

听完麻贵学姐的话,远子学姐抱着自己的身体不停颤抖。我也咬着嘴唇,紧紧闭上眼睛。觉得头晕目眩,好像快要昏倒了。

黑崎保到底做了什么事?

他为了回到过去,让一切重新来过——我也是这样期望,期望可以再次找回美羽,为此我什么都愿意做,就算要把灵魂卖给恶魔也行……

但是,他为了这个目的,夺走了一个女孩的未来,把她的人格都抹杀掉了。

就算做了这种事,真正的“夏夜乃”也不可能回来啊!谁都不会因此获救啊!

远子学姐痛苦地喃喃说道:“我再问你一件事,麻贵。那个地下室书柜里的书,是黑崎先生的收藏吗?”

“……我也不知道。不过,我听说那是九条夏夜乃的遗物。”

“是吗……”远子学姐垂下睫毛,将右手食指贴在唇上,陷入了沉默。这是远子学姐读书时的习惯——是她沉浸在自己内心世界时的习惯。

流人依旧像是看见仇人似的,以充满敌意的眼神瞪着麻贵学姐,“你把我关起来,不让我跟萤见面,是有什么企图?麻贵学姐,你到底想要让萤去做什么?”

远子学姐抬起头,不安地看着麻贵学姐。

麻贵学姐傲然回望流人,以坚定的语气说:“我不让你出院,是因为不想让你去阻挠她。我只是给她建议,只是照她的期望给予她协助,我从来就没有操纵过她的意志。”

然后，麻贵学姐露出忧愁的神情，低声地说："她跟黑崎之间已经没有多少时间了，而黑崎也已经做出决断。所以，她得尽快行动。无论最后会得到怎样的结果……她都一定要跟黑崎做个了断。"

不安的情绪爬上我的胸口。

我最后一次在化学教室跟夏夜乃见面时，她曾那么说过。

——灵魂的一半已经因为罪过而落入地狱，剩下的另一半还需要留着吗？怎么可以只有一半获救而进入天堂？

雨宫同学到底想要干什么？

说他们两人之间没剩多少时间，又是怎么回事？粉领族佐枝子小姐说，黑崎先生用餐后都会去催吐。难道黑崎先生得了重病？雨宫同学会出现在医院，也是因为这样吗？难道雨宫同学也想要刺杀黑崎先生……

流人沉吟着："——萤现在在哪里？这辆车正要开往哪里？"

麻贵学姐以严肃的神情回答："现在要去教堂。她下周要在那里举行结婚典礼。"

◇　◇　◇

"我要告诉你一个好消息，你一定要由衷地祝福我哟！我就要跟高志先生结婚了。"

那一天，她带着开朗的笑容，把他的心撕得粉碎。

“呐,你为什么生气？你不为我感到高兴吗？如果我跟你结婚,就没办法住在有游泳池的白色洋房里,没办法坐高级礼车,也没办法养约克夏犬了不是吗?”为什么？她为什么要嫁给其他男人？而且,竟然要我为她高兴？为什么她在笑？为什么？为什么她要舍弃我？我们两人明明是共享一个灵魂,绝对无法分离的,但是她却亲手把两人的关系给斩断了。她为什么可以做出如此残酷的事？是为了金钱？是为了享乐？还是为了虚荣？

他无论如何都无法眼睁睁看着她成为其他男人的所有物!

在一个下着暴风雨的夜晚,他从这个家里消失了。从那时开始,他就一直憎恨着她。他发誓要对她复仇,为此才从烧着黑色火焰的地狱深处往上爬,爬回地面上。

但是,她又丢下他而死去。这一次打击他的,是更甚于从前的绝望。

这时,他得知了她有一个女儿,看到那女孩的瞬间,他就想到拿回失去时间的方法。

如同她的翻版的少女——如果可以得到那个女孩……

他布下了周详的计划,进入少女父亲的公司,以毒蛇般的狡猾和豺狼般的凶狠,将少女的父亲逼至死路。原本就有先天性心脏缺陷的那个男人,看到摘下墨镜露出奸笑的他,惊愕地睁大眼睛,揪紧自己的胸口,然后就带着苦闷的表情死在医院的病床上。

那男人的妹妹,同时也是他妻子的女人,知道了他对自己的哥哥所做的事,就精神错乱地喊着:“别过来！恶魔！别过来！别过来!”一边不断后退,然后就失足坠海了。

一切都照着他的计划进行。他要让时光倒流,得到绝对不会背叛他的“夏夜乃”。借着控制她的饮食，他夺走了那个女孩的反抗意识，束缚了她的灵魂，将她收归自己的掌握中，让她无法反抗或是背叛他。

他相信，这样的日子将会持续下去。

但是，为什么会演变成这种局面？

没有时间了……

他收到一封信。那是她寄给他的，说她下周就要结婚了，所以在那之前想跟他见一次面。

愤怒与绝望就像高地的暴风，吹得他为之震撼，喉咙炽热地紧缩。又要遭到背叛了吗？又要看到她被其他男人抱在怀里了吗？

没有时间了……

他揉皱了那封信。

没有时间了……

虽然胃里像是荒芜的野地一样饥饿，胸中却忍不住翻腾欲呕。

没有时间了……

喉咙渴得疼痛，胃都要绞起来了。吐出的血块把地面染成一片殷红。

他愤恨地用手背擦拭嘴边，脚步踉跄地走出房间。

为了跟她见面——为了最后一次让时间回到过去……

◇ ◇ ◇

两人之间已经没有多少时间了，这一点她非常清楚。

没有时间了……

如果现在逃开，就没办法给予他打击。

充满恶意的手指，搔抓着她空荡荡的胃壁。身体就像抹上毒液一样寒冷难耐，只有脑袋无比灼热。

没有时间了……

要向他复仇。那个毁掉她的乐园，杀害她父亲和姑妈的人，她一定要在他的身上钉下永远无法拔除的钉子。

十二岁的她没办法做到的事，十六岁的她已经有能力了。

没有时间了……

在恢复了寂静冷清的教堂里，她穿上白色的结婚礼服，披着透明的头纱，等待他的到来。

她把即将刺进他体内的利剑藏在心中，细细的手指互相交迭，竖起爪子。

在她满十六岁的时候收到的那本书，在她今天来这里之前，已经用灯油烧成灰烬。写在化学教室里的数字，也都擦干净了。

没有时间了……

喉咙好干，胃也好痛。

"42　43　7　14　43　36"

才没有。

"478　13　15　8　2　4711　13　11"

别说了。

"46　1　42　6　41　4714　21　16　3　39　11　7　40　27　14"

才不是！才不是！

"14　41　475　3　24　21　43　2　11　3　16　43"

“39　11　7　21　42　46　43　20　10　4721　17　43　11　43”

拜托,快消失吧！快从我体内消失吧！

“13　27　4714　30　1　26　39　16　43”

“4721　13　40　44　4　14　30　43　43”

我才没有这样想！

“25　7　43　20　21　42　46　43　4711　4”

“1　45　13　14　2　14　42　46　43”

“42　46　43　21　39　11　7　39　11　7　21　42　46　43”

啊,爸爸、爸爸……

“42　46　43　40　45　43　45　41　17　42　43　8　36”

我恨他,我恨他！

“14　41　475　3　24　21　43　2　11　3　16　43”

“14　41　475　3　24　21　43　2　11　3　16　43”

“14　41　475　3　24　21　43　2　11　3　16　43”

“14　41　475　3　24　21　43　2　11　3　16　43”

“14　41　475　3　24　21　43　2　11　3　16　43”

“14　41　475　3　24　21　43　2　11　3　16　43”

“14　41　475　3　24　21　43　2　11　3　16　43”

“14　41　475　3　24　21　43　2　11　3　16　43”

“14　41　475　3　24　21　43　2　11　3　16　43”

她体内的亡灵已经失控了。她按着有如烧灼般疼痛的胃,呻吟着倒在地上缩成一团,此时,她听见了冷冷的脚步声。她挤出体内残存的最后一丝力量,蹒跚地站起身来。

这真的,真的是最后了。

再过不久，他们两人的世界就会完全分离。拼命想要挽留的时间，已经像冲向毁灭的激流，无可避免地流逝了。如果“那个时刻”来临，他们就再也无法相见，再也无法接触，就连想要继续憎恨下去都没办法了。所以，所以现在——她的视线像疾风般掠过长椅之间被烛光照亮的道路。正门开启了，戴着浅色墨镜、身穿西装的男人出现了。

那就是把她关在夜晚世界，夺走所有光芒的男人！是杀了她父亲和姑妈的仇敌！她的眼中有火焰炽热地燃烧着，全身承受着剧烈的痛楚。

再一下，只要再多一点时间。要彻底地向他复仇，还需要一点时间……

“拿下墨镜吧，苍。我下周就要在这个地方，穿着这套礼服结婚了。你一定要由衷地祝福我哟！”

第八章

暴风的少女

一打开教堂的门，我们就看见身穿白色婚纱的雨宫同学站在祭坛前。雨宫同学的双手还包着绷带，从彩绘玻璃照射进来的月光，像聚光灯一样照亮了她纤弱的身体。

看到她身边还有一位穿着西装的高大男性，我的心脏几乎要跳出来了。

他就是黑崎保吗？从我的位置只看得见他的背影。

“太痛快了。只要我有了丈夫，你就没办法继续当我的监护人，而且还会丧失一切。都是你把我的人生搞得一塌糊涂，你这个夺走我家人的杀人凶手！好好感受一下绝望和痛苦吧！我真希望你下地狱！”

那张弱质纤纤、小巧白皙的脸庞——那张薄唇竟会吐出这种有如暴风一样激烈的话语，我不禁像是受到强风吹袭，呆呆地站在原地。

流人说，第一次见到雨宫同学时，她正在狂风暴雨中，独自荡着秋千。

当雨宫同学在雨中荡秋千时，还有当她握着瓷器碎片刺伤流人时，应该也是这种表情吧！

那是一张因过度饥渴而陷入疯狂的表情。她的肌肤像鬼火一样泛青，眼中闪烁着愤怒、苦恼、憎恨，就像切裂了天空的闪电。因为长期受到压抑、束缚，在她心里深处悄悄兴起的暴风，如今正奋不顾身地攻击着她最憎恨的对象。

暴风雨来临之际，人类因畏惧大自然的威力，只能消极地承受它的肆虐，而此时的我们就像这样。看到雨宫萤这么一位少女展现出如此具破坏性的情感，我们都无法出声，也没办法往前踏出一步。

就连向来掌控着雨宫同学的黑崎先生，也毫无例外。现在他们之间的主从关系完全逆转了，他依然背对着我们，全身动弹不得。

"……我妈妈根本一点都不喜欢你！她只把你当作佣人，打从心底看不起你。什么'我爱你，苍'、'夏夜乃永远都不会离开苍'！你逼我说的话，根本都是谎言！那只是你自己的妄想罢了！就算我嘴里说着'我爱你'，心中还是在对你诅咒着'去死吧！'"

这场可怕的风暴到底会扩大到什么地步、到底要破坏到什么程度，我完全猜不出来。我感到喉咙好干渴，而眼睛就像被针钉住似的眨也不眨。

靠在我肩膀上的流人，颤抖的嘴唇像在呻吟似的说着："……够了……别再说了……萤……"

没错。雨宫同学，不可以再继续下去了。再继续放纵憎恨的情绪会很危险的。

我的脑袋里好像有信号灯在一闪一灭，喉咙像被掐住，喘不过气来。

不可以再继续伤害他了！你所说出的话，会把他逼得无路可退！想让时光倒流而取回失去时间的他，如果遭到全盘否定，一定会把一切都毁坏殆尽的。雨宫同学，你现在正在做的事非常危险啊！

难道你打算在这里和他同归于尽？

黑崎先生的背影动了一下。他把手伸进西装里头，拿出某样闪烁着黑色光芒的东西，我看到后全身都变得冰冷了。

流人立刻准备跑到雨宫同学身边，但是麻贵学姐却拉住他的手，拼命阻止他。

为什么呢，麻贵学姐？

枪口对准了雨宫同学，但是她一点都不畏惧。她对着黑崎先生，说出最后的、最关键性的一段话："没有人会爱你这种男人的！如果我妈妈跟你结婚，下场一定会很凄惨，所以她才抛弃你，跟我爸爸结婚哟！这一点我跟妈妈是相同的！"

不是！不是这样的！

我的脑中突然响起否定的叫声，这到底是在对谁说呢？

我从流人和拉住他的麻贵学姐身边走过，背对着那惊讶的两个人，直直地走向雨宫同学。

为什么我会做出这么大胆的举动？就连我自己也不知道。

我应该只是这个故事的旁观者，也是个不惹事主义者。但是，我现在为什么要介入这个故事之中？或许是再也受不了有人死在我的面前，或许是受到了让我想起美羽的夏夜乃的吸引，或许是想起雨宫同学在图书馆跟我说话时的寂寞眼神，又或许是看到黑崎先生为了让时光倒流而把灵魂卖给恶魔的罪过，就让我觉得像是我自己的罪过吧……

像暴风一样驱使着我的这份冲动到底因何而来，我也无法解释清楚。

但是，偶尔也会有身体比心更快行动的情况吧？在我的心中，所有的害怕、犹豫、卑怯、算计……这些东西都被一扫而空了。

我怀着这种心情，无论如何都要说出来的话是……

我整个人扑上去，抓住黑崎先生的手。

“井上同学……”雨宫同学失声惊叫。

我第一次正面看到黑崎先生的脸。他有着雨宫同学素描簿里那位少年的脸庞，是个又高又瘦的男性。从别人转述的话中，我一直想象这个人一定跟恶魔一样，有着不祥的充沛精力，所以当我看到他毫无霸气的虚弱表情时，着实吃了一惊。

他的头发是浅茶色，眼睛就像带点青色的玻璃珠。虽然是看起来很有女人缘的端正面孔，但是脸颊都瘦得凹陷了，憔悴得就像年过百岁的老人。他仿佛已经承受不住疲累，只想尽快结束这个故事。

这个人就是黑崎先生？

跟我原先的想象截然不同。个性看起来非常纤细……而且还很哀伤……

这个人，真的就是把雨宫同学关闭在夜晚世界里的恶魔吗？

他对雨宫同学所做的事，实在是不可原谅。但是，他俯视着我的双眼中是满满的绝望和苦恼，并没有引起我的怒气，反而让我感受到椎心刺骨的伤痛。

是啊，我也是这样期望啊！我也宁愿付出任何代价，只希望能让时间回到过去啊!

“……雨宫同学,你刚刚说的话是错的。夏夜乃对他并不是这样的。你这么说,是无法拯救任何人的。只是让你自己,还有他,更陷入痛苦而已。”我一边喘息一边说着。

“……没错,小萤说谎了。夏夜乃之所以一定要跟高志先生结婚,是因为有其他理由。”

弥漫着紧张和寂静的教堂中,响起像风琴一样清澈的声音。

远子学姐丢下惊讶的麻贵学姐和流人,摇曳着两条辫子,朝我走过来。

黑崎先生转过头去,睁大眼睛看她。雨宫同学看到远子学姐手上拿的那本素描簿,更是吓得脸色发青。

“我只是个读遍世上所有故事的读者罢了,跟你们的故事毫无关联。但是当局者迷旁观者清,正因为我是读者,所以才能看得清楚。故事的主角们,因为不幸的体贴和阴错阳差的状况而分离,因此走上毁灭的道路。原本应该有快乐结局的故事,只因为一点误解和算计,才导致悲剧的发生。

“《呼啸山庄》里的希斯克利夫和凯瑟琳也是一样。活在十九世纪的英国乡村,个性孤僻讨厌人群的牧师的女儿,完全没有任何资料或经验,只靠着丰富的想象力,在一生中唯一出版的这本小说——包含了不寻常的渴望、复仇和爱情的这个故事,小萤应该也读过了吧?

“这本书刚出版时,被评论家大力批判说不道德、荒谬无稽、文笔差劲、结构破绽百出、粗陋鄙俗等等,还有人诋毁地说书名不该叫做《Wuthering Heights》，而该取为《Withering Heights》（毁灭之丘）才对。读者看到主角们激烈到近似暴力的感情都忍不住皱眉，所以销路很差。”

这名“文学少女”挺直腰杆，像是在对谁挑战，继续侃侃而谈。她澄澈的漆黑眼睛里浮现出知性的光辉。

“我越读这本书，越觉得饥饿。心中饥渴不已，喉咙也不由自主地缩起，脑袋也因为近乎疯狂的饥饿感而发热，几乎无法呼吸。但是不知为何，我每次还是会持续读到最后。

“出现在这个故事里的角色，每个人都坚持自己的想法，毫不顾忌地做自己想做的事，不管是憎恨、悲伤还是爱，都像野兽一样，毫不隐藏感情地互相谩骂、互相伤害，几乎都是让人不想与之交往的人物。

“凯瑟琳会因为耍脾气而绝食；希斯克利夫因为误会而憎恨别人；耐莉总是说些多余的话，把场面搞得更复杂；小凯瑟琳对哈里顿本来是骄傲欺压的态度，到最后也转变成娇羞讨好了哟！看着这些人的行为，我实在很想把头伸进书里对他们大喊，请多为别人着想一点吧！把事情搁着、先冷静一下吧！试着让自己的视野变得更辽阔吧！

“可是，在不知不觉间，我已经深深爱上这个荒唐无稽的故事——深深爱上这些自我封闭地活着又充满缺点的人们那种毫不虚假的灵魂。我忍不住想着，像他们这样以无比纯粹的心灵，趋至极限地彼此渴求，彼此争夺的爱，不也挺好的吗？如果有深爱至此的对象，也不需要再管其他人了不是吗？可以碰到这样的对象，已经是人生最大的幸福了不是吗？

“这本小说，写的就是这样的故事。就算被卷进这个暴风般狂乱的世界，就算不安和恐惧沉重地压在胸口，还是会忍不住读下去——即使畏惧、即使讨厌、即使否定，还是会忍不住受到吸引，所有的缺点反而成了魅力——这个故事的确拥有这种力量。

“光靠技巧是绝对写不出来的，这是作者艾米莉以灵魂写下的故事。所以这本小说就算过了上百年，还是继续流传下去。”

黑崎先生放下握枪的手，用不可置信的目光看着远子学姐。

这个女孩到底是谁？为什么自己会默默地听这女孩说话？

他茫然的脸上就好像写着这些问句。

相反地，雨宫同学却好像痛苦地低着头，全身颤抖。

远子学姐低垂着睫毛，以悲伤的表情说：“……黑崎先生和夏夜乃，就像《呼啸山庄》里的希斯克利夫和凯瑟琳。两人是青梅竹马，片刻也不曾分离，觉得彼此共享一个灵魂，但是长大后的凯瑟琳却跟有钱人家的少爷埃德加结婚了。希斯克利夫因为无意听见凯瑟琳对耐莉说，如果她嫁给希斯克利夫，就只会两个人一起变成乞丐，所以就从那个家里消失了。

“但是，凯瑟琳真正爱的并不是埃德加，她只爱希斯克利夫。对希斯克利夫来说，凯瑟琳也是他一生中最爱的女性……”

黑崎先生的眼中出现了震惊的色彩，而雨宫同学像是不愿听见这番话似的，紧紧闭上眼睛。

“凯瑟琳对耐莉是这样说的，如果自己结了婚，就可以保护希斯克利夫不受哥哥辛德雷的欺压，也能帮助他出人头地——这就是她要跟埃德加结婚的最大理由——当然，一般人很难理解这种想法，只会批评她这种动机太不道德了。但是对凯瑟琳来说，这都是出自她对希斯克利夫的纯粹爱情。

“凯瑟琳认为自己和希斯克利夫的灵魂一样，而她跟埃德加的灵魂却有如月光与闪电，或像冰和火一样迥异。她对埃德加的爱会因时间而改变，但是对希斯克利夫的爱却像永恒不变的岩石，虽然愉快的成分不多，但却是不可或缺的，因为她自己就是希斯克利夫……”

一直保持沉默的黑崎先生初次展露激动情绪，爆发而出地大吼：“你到底想要说什么？是想告诉我，夏夜乃的心情跟凯瑟琳一样吗？还是想要说夏夜乃是为了拯救悲惨的我，才会嫁给雨宫？太愚蠢了，那都只是你的妄想。夏夜乃是笑着告诉我她要跟别人结婚的，还说跟我结婚就不能住在有游泳池的豪宅，也没办法养约克夏犬了。”

远子学姐的眼眶湿润了，表情也变得更加哀伤。

“是啊，不管我怎么说，你也不会相信吧！既然如此，我就让你看看夏夜乃深爱你的证据吧！你跟夏夜乃之间，会使用数字当作暗号互通信息对吧？夏夜乃在离开学校前，在教室的桌子和墙壁留下很多要给你的信息。虽然现在全都被擦掉了，但是当时的校刊和文集里曾提到幽灵留下谜样的数字，也保留了一部分的信息。”

远子学姐拿出学生手册，翻开内页。

我突然想起来，文艺社的桌上曾经摆了一大堆校刊和文集，顿时恍然大悟。远子学姐已经用她自己的方法彻底调查过了！

远子学姐缓缓念起她抄写在学生手册上的数字。

“‘42　46　43　21　39　11　7　39　11　7　21　42　46　43’、‘42　46　43　40　45　43　45　41　17　42　43　7　14　43　36’……”

从夏夜乃的“夏”开始，两个人的暗号……

他深爱的少女每晚在校内徘徊写下的信息，如今终于被公之于世。

“……‘我就是苍,苍就是我’、‘我永远爱着苍’……”

黑崎先生目眦欲裂,握着手枪的手颤动不已。那副模样看起来就像个容易受伤的脆弱青年。

“骗人!既然爱我,为什么又要背叛我!说什么为了让我出人头地?这种理由我才不接受!”

他那颗被憎恨给封闭的心,想必什么话都听不进去吧!但是远子学姐却毫不犹豫地回望着他。

“既然如此,我就让你看看夏夜乃深爱你的最有力证据。夏夜乃为了守护你的未来,还有她对你的爱,非得跟高志先生结婚不可。那是因为……”

此时雨宫同学甩着白色头纱放声大喊:“住口!不要说出来!”

雨宫同学的嘴唇像是长时间浸在海里一样泛出青色,瘦弱的肩膀激烈喘息,像是哀求一样地望着远子学姐。

“求求你……别再说了,只有这件事无论如何都不能说,求求你,求求你千万别说……”

“可是,雨宫同学,黑崎先生是你的……”

“不要!不可以说!”

远子学姐仿佛陷入内心的天人交战,闭上嘴,但是流人的声音却从后面传来。

“这女孩——萤就是你的亲生女儿啊,黑崎!”

雨宫同学猛然转头,愕然地朝流人望去。

“你在说什么傻话……”黑崎先生喃喃问着,而流人只是以闪烁着深邃光芒的眼睛盯着他。流人按着腹部，身体稍微前倾，吃力地拖着脚步往前走去。

“……呜……我已经听萤说过了！你让萤吃饭，然后说再也不跟她见面就走出房子那一天——萤激动得拿着高尔夫球杆把房里的东西全部砸坏了。呜……你的离去，对她造成了莫大的冲击。当时萤趴在我的胸前，把所有的事都说出来了。”

“不要——流人！”雨宫同学哀求着。

流人不时靠在长椅上，一边痛苦而紊乱地喘息，一边从中间的通道慢慢往前迈进。然后，他以毫不留情的苛刻态度，对雨宫同学质问道：“是吧，萤？你是这样跟我说的吧？说那个人是你真正的父亲对吧？还说你的母亲为了生下你，才跟现在的父亲结婚。”

“不要说了……”

“……你还说你母亲爱的是黑崎，所以觉得自己的父亲很可怜。”

“闭嘴！流人！不要再说了！”

雨宫同学哭喊出来。流人还是继续叫道：“你这么说过对吧，萤！你说黑崎是你真正的父亲！你——是你亲口对我这么说的！”

“不要啊！”雨宫同学双手遮住耳朵，拼命摇头，软绵绵地瘫在地上。

远子学姐也用沉痛的声音对着茫然呆立的黑崎先生说：“……流人说的是真的。夏夜乃留在教室里的暗号中，也有提到这件事的语句。‘42 46 43 20 5 4715 30 40 26 30 36’——‘我会保护苍的孩子’……”

黑崎先生的喉咙发出野兽般的低吟。他还是不能相信——不，应该说是不愿相信吧！对心中出现强烈纠葛的他发出了最终宣告的人，则是麻贵学姐。

一直站在墙边，冷静看着这一切的麻贵学姐以淡淡的口气说："当时的九条夏夜乃受到了监护人后藤弘庸的控制。如果他知道夏夜乃怀了九条先生从国外捡回来的野孩子的骨肉，一定会逼她去堕胎。夏夜乃非常清楚这一点，所以她为了守护腹中的胎儿，非得尽快找到拥有财力和地位的丈夫不可。而她所找的对象，就是雨宫高志。

"夏夜乃的想法确实太肤浅了，所以我也完全不想为她辩解。把其他男人的孩子当作自己亲生孩子抚养的雨宫先生，也因此遭受了巨大的灾难。不只是受到孩子真正父亲恩将仇报的憎恨，又被夺走公司，还因为心脏疾病恶化死去，我想他一定会怨恨得死不瞑目吧！"麻贵学姐夹枪带棒的这番话语，配上她毫不动摇的冰冷眼神，显得非常有说服力。

黑崎先生脸色发青地睁大眼睛。他感受到的冲击也传到我的身上，让我背上都冒出冷汗。

以为是可恨男人的女儿而加以虐待的少女，竟然是自己的亲生女儿——这是多么令人绝望的事啊！他为了让时光倒流，甚至把灵魂卖给恶魔，结果竟然犯下了玷污亲生女儿的罪过！

雨宫同学的婚纱裙摆拖在地上，她抱紧自己的身体，泣不成声。

远子学姐对雨宫同学轻声说道："小萤……你早就知道黑崎先生是你的亲生父亲了吧？把你母亲的留言交给你的，就是女管家和田女士吧？你母亲小时候读的乔治·麦克唐纳的《日之少年与夜之少女》里面，就写了这件事对吧？

"我在那间地下室的书柜上，看到了麦克唐纳全集。里面并没有《日之少年与夜之少女》，只放了其他出版社的文库本《轻轻公主》。因为麦克唐纳的童话全集已经绝版了，所以没办法再找到同样的书来补齐了吧！

"为什么只有《日之少年与夜之少女》不见了？我从心叶那里听说，他曾在图书馆看到小萤读这本书，而书本的封面内侧还写了一些数字……那就是你母亲夏夜乃交由女管家和田女士保管，并且要她在你十六岁生日那天交给你的东西吧……"

雨宫同学颤动着细瘦的肩膀，呜咽地说："……妈妈真是太过分了……竟然一直都在背叛那么温柔的爸爸——说我不是爸爸的亲生女儿，而是那个人的女儿——那本书上满满地写着妈妈对那个人的感情……满满的'我爱你'……'我爱你'……'就算肉体毁灭了，灵魂也会一直陪伴在你身边'……'你就是我，我就是你'……'比起自己，我更重视你'……'所以，就算代价是不能继续享有跟你在一起的喜悦，我也要让你拥有光辉灿烂的未来'……'你真的很聪明，只要再注意一下外表，就会完美得不输任何人，而且你也有勇气和毅力'……"

雨宫同学一边哭泣，一边用颤抖的声音说着，她的脸上写满了绝望。

"……呜……妈妈为什么要把那本书留给我？还夹着那张写了'从夏夜乃的夏开始'的暗号提示……为什么要告诉我这些事？

"妈妈一定不是因为要我当她的替身，才把暗号告诉我的吧……其实就算没有那些提示，我也可以轻易读出来，读出妈妈写给爸爸以外的男人的情书……打从心底爱着妈妈的爸爸，会摸着我的头，笑嘻嘻地说我跟妈妈长得很像的爸爸——笑着说能跟妈妈结婚真是他最大的幸福的爸爸——妈妈竟然背叛他……呜……

妈妈真是太差劲了……爸爸太可怜了……”

——我也觉得可以去别的世界很棒……就像这本书的女主角……如果我也能去白昼的世界就好了……

——那是秘密。不可以告诉别人。

在图书馆里，抱着旧书一脸寂寥地喃喃自语的雨宫同学。

还有在化学教室，以朦胧的眼神看着我的夏夜乃。

经过了十七年才显露出来的真实。叫一个女孩独自背负这么大的秘密，实在是太残酷了。

雨宫同学紧守着这个秘密，一直在黑暗中独自咬牙撑了过来。

到底该怎么做才好？要怎么做，才能拯救雨宫同学和黑崎先生？

我们只能小心翼翼且束手无策地，看着哭得喘不过气的她。

黑崎先生松开手，落在地上的手枪发出沉重的声音。他像是在忏悔似的跪在地上，双手抱头，断断续续地说着：“……你竟然是我的女儿……如果我从一开始就知道……如果我们能以父女的身份相遇……”

他已经不是恶魔了。现在的他就跟我们一样，只是个脆弱的人类。

雨宫同学猛然抬起满是泪水的脸，站了起来。

“够了！少在这里痛悔前非了！已经太晚了！我被你搞得一塌糊涂的人生已经回不来了！我绝对不允许你一个人擅自悔过而变得轻松！我要恨你一辈子！”

雨宫同学红红的双眼闪出锐利的光辉，嘶吼地叫道：“我恨你！

我绝对、绝对不会原谅你！在这世上我最讨厌的就是你了！我看到你就想吐！”

黑崎先生垂头丧气的模样既弱小又悲惨，充满了苦恼，他捡起落在地上的手枪，好像随时都会自杀。毕竟他犯下了那样的罪过。

但是……

伴随着锥心的痛楚，我突然想起刚才流人所说的话。

雨宫同学早就知道黑崎先生是她真正的父亲。但是，黑崎先生是直到现在才知道这件事的。既然如此，他为什么说再也不跟她见面，然后离开那个家？他为什么解放了雨宫同学？

而且，黑崎先生真的住在那间房子里吗？粉领族佐枝子小姐说过，董事长最近经常住在公司附近的公寓。流人也说，他去过雨宫同学家好几次了，每次都觉得里面没有人。

雨宫同学是独自住在那个房子里吗？黑崎先生离开雨宫同学身边，应该是发生在更早之前的事吧？

黑崎先生既然已经离开雨宫同学，那么雨宫同学应该没必要再为了从他手中获得自由而结婚啊？

可是，她却故意把他叫到教堂来，还说了这番挑拨的话，这又是为了什么？是为了复仇吗？只是单纯地想要伤害他吗？

不，事情应该没有这么简单。

我不过是这个故事的读者，但是就像远子学姐所说的，正因为我是读者，所以才能看得清楚。夏夜乃和雨宫同学说过的话，还有她们的眼神，不是都给过我很多提示吗！

没错，这个故事还没有结束。还有尚未被揭发的事实。

在阴暗的地下室里，雨宫同学对黑崎先生萌生的心情就只有憎恨吗？或是还有其他心情？

还有，雨宫同学为什么会出现在医院？

雨宫同学真正的目的是……

啊，可是，这种事实在太……

我感到自己的脑袋和耳朵越来越热，然后开口问雨宫同学："雨宫同学，为什么你要刺伤流人？我曾听说，你跟很多男性交往是从今年才开始的事。那个时候，'你们'之间发生过什么事吗？"

雨宫同学的肩膀抖动了一下，她吃惊地看着我。我怀着想哭的心情，继续以颤抖的声音问道："我问你，为什么你那么害怕让黑崎先生知道你是他的女儿？为什么不把你母亲的留言告诉黑崎先生？为什么要一直藏着那本写下你母亲心情的书？是因为对你父亲抱持着罪恶感吗？如果真是这样，你为什么会对你的父亲感到愧疚？"

雨宫同学用力摇头，像是要否定自己心中的声音，拼命地摇头。她泛红的眼眶里还不停流下泪水。雨宫同学好像很难受，脸色也越来越差，额头还不停冒汗，看来她的身体状况已经很不妙了。

黑崎先生也一样脸色发青，一只手紧紧揪着胃部，还咬紧了牙关。

我真希望是自己猜错了。如果真是这样，那雨宫同学就太悲哀了。

我的太阳穴强烈抽痛，简直是头痛欲裂。站在我身边的远子学姐拿起素描簿，对着雨宫同学摊开。上面画的是一位青色眼睛的少年……

"小萤，这幅画是你画的吧？这个少年就是苍吧？"

雨宫同学哭泣着摇头，"不是的……"

我的呼吸越来越滞塞。远子学姐眼角含泪，轻轻地说："小萤一定听母亲说过很多关于她青梅竹马的男孩的事吧……母亲也一定让你看过他的照片吧……"

"不是……才不是……"

雨宫同学白皙的肌肤变得更加透明，呼吸也越来越紊乱。

"这幅画是以很柔和的线条，非常仔细画出来的。所以我想，小萤应该一点都不恨苍才对啊！"

远子学姐说话的声音，跟她的眼睛一样带着深沉的悲伤。

可是，远子学姐……

"把你真正的想法说出来吧，小萤。你们就在这里试着重新来过吧！"

可是，远子学姐……我以痛彻心扉的心情默默地大喊着，这绝对不是正确的询问方式啊！

雨宫同学用细微得难以听闻的声音说："不，不行。时间不够了，没有时间了……"

她纤细的双腿突然一软，瘦弱的身体就像枯萎的花茎一样倒下去。

"萤！"

"小萤！"

流人和远子学姐同时大叫，黑崎先生也迅速站起朝她奔去，带着充血发红的双眼，张嘴喘息，像是连他自己的心脏都要碎裂了……

黑崎先生正要抱起跪坐在地上的雨宫同学时，她就挥开他的手，叫道："不要碰我！"

黑崎先生的表情僵住了。

雨宫同学汗如雨下，颤抖着肩膀痛苦地喘气。不管是谁都看得出来，雨宫同学的身体一定发生什么状况了。

苦涩的悔恨冒上我的胸口。为什么我没有早一点发觉？夏夜乃在化学教室里抱着我的时候，身上那种让人不安的清净气味，其实就是药品的味道——是医院的味道啊！

为什么，为什么我没有注意到呢？

罹患重病的并非黑崎先生。

夏夜乃曾经说过“我要跟这个世界告别了”，我也曾在病房的窗口看到雨宫同学。我的眼前明明出现过那么多暗示……

没有时间的，是雨宫同学。

这件事恐怕只有麻贵学姐知道吧！她以严峻的表情看着雨宫同学和黑崎先生。麻贵学姐简直就把目不转睛看着他们到最后一秒当作自己的义务，是那样冷酷的眼神。

麻贵学姐这个模样，让我忍不住全身打战。

你到底是在期待怎样的结局啊！

雨宫同学混浊地喘气，很不甘心地喃喃说着：“我明明……每天都有打针……高见泽先生会送我到医院……每天、每天……虽然一直在打针……但是药效已经快过了……再过不久，我也会像妈妈那样死掉吧！”

她虚弱地扬起视线，望着黑崎先生。黑崎先生的脸都青了。

“你……都知道了吧？因为，半年前的那个晚上，你掐着我的脖子，想要把我杀死吧？那个时候，我还不知道自己会因为生病而死。但是，你对我非常生气，连我都感觉得到你的绝望。我也知道你是真的想要杀死我……”

雨宫同学的脸痛苦得扭曲了。

“我的脖子被你掐着……我都还在想，就这样让你杀死也好。因为，如果我没有办法完美地扮演好妈妈，你就会意识到我跟妈妈不同，然后就会开始憎恨我，甚至是抛弃我……与其这样，还不如在当时让你杀死比较好……但是……”

雨宫同学的细眉低垂，眼中浮现深沉的哀伤。但是才一转眼，就转变为烈火般的恨意。

“你掐着我脖子的时候，说了一句话——‘再见了，背叛者夏夜乃。’”

黑崎先生仿佛心脏被刺了一剑似的面露痛苦。

“你只是不原谅夏夜乃的死——只是不原谅她生了病，丢下你先行死去罢了。你只是因为被夏夜乃抛下而感到绝望，所以宁愿是自己先亲手杀死她。

“在你的眼中，就只看得到妈妈！从来就没有出现过萤这个人！

“所以当时我哭了，因为自己要以夏夜乃的身份死去而哭，结果你就松开了手。当我说了‘我不是妈妈’的时候，你露出了醒悟的表情，放开了掐着我的手，走出那个家，从此再也没有回来过了！因为你发现我不是夏夜乃了，所以就觉得我连被你杀死的价值都没有！所以你丢下我，自己逃走了！”

暴风狂野地吹着。激烈的暴风吹倒了树木、削磨了岩石……

“你离开后，我完全不知道要怎么办才好，我根本什么都没办法吃了。都是你让我变成这个样子的！

“一个月前，高见泽先生把医生诊断告诉我了，我知道自己就快死去后，终于理解你为什么要杀死我。为了确认这个理由，我去了你的公司，但是你不肯见我。那天夜里，我自己在公园里荡秋千，一边笑着——笑你是个胆小鬼。

“你因为害怕看到跟妈妈很像的我死去，所以逃走了。但是，如果我跟别人交往，你还是会想尽办法把那些人从我身边赶走。即使如此，你还是不敢回那个家，只要我一靠近就立刻逃走。多么胆小懦弱、多么卑鄙恶劣的男人啊！我在大雨之中忍不住笑了！当时，我就决定一定要向你复仇。在我死去之前，一定要夺走你的一切，在你的胸口钉下永远无法拔除的钉子！”

她哭喊出来的话语，听起来就像爱的告白。

虽然雨宫同学口口声声喊着要复仇，但是她望着黑崎先生的眼中，却诉说着截然不同的感情。

为什么雨宫同学不把夏夜乃的留言告诉他？

她对自己是他女儿一事，有这么否定的情感吗？

流人曾经说过，人类最强烈的感情就是憎恨。憎恨延续得比爱情更长久。因为还有爱，所以能憎恨下去，因为憎恨着，所以能一直爱下去。

在下着暴风雨的夜晚，雨宫同学睥睨着黑暗，独自荡秋千。

而流人爱上了这样的雨宫同学。

看到雨宫同学拼命吐出对其他男人的憎恨，流人只是靠在长椅上，以苦闷的表情凝视着她。

而且，远子学姐也……

——你们就在这里试着重新来过吧！

远子学姐现在也已经知道了，这句话不过是无法实现的悲愿。

她的想象力，把雨宫同学深藏在心中的暴风都引发出来了。她希望借着揭开雨宫同学、黑崎先生和夏夜乃三人之间的秘密，试着证明没有人需要承受那种饥渴的痛苦。只要他们以后走回正途，一定能够填满空虚的胃。

如果想要重新来过，只要让时光倒流就好了。这是一个简单利落的答案。

但是，时光是不可能倒流的！事情绝对没有这么简单！

这是我在初中毕业后，不管怎么祈祷都无法实现的愿望。

人类根本不可能让时光倒流到自己走错路的那一刻，回到原本的位置。而且，吃遍所有故事、拥有无限想象力的远子学姐也不是万能的。

远子学姐和我们一样只是个高中生，只不过是个喜欢阅读故事的"文学少女"。

不管怎么努力都无能为力的事——不管怎么尝试都填不饱的饥饿，是确实存在于我们生活的世界里。

僵立原地的远子学姐，黑色的眼眸中闪现出哀伤的光芒。

雨宫同学持续吐出名为爱情的憎恨，朝着黑崎先生，伸出她枯木般的瘦弱手臂。她满是泪水的脸上，栖息着绝望的悲哀，"我对你的爱，是妈妈给我的诅咒。这一定是因为……妈妈还活在我的体内。才不是我自己的感情。"

就算矢口否认，她还是对他伸出白皙的手，万般依恋地凝望着他。

雨宫同学仿佛支撑不住了，她攀着黑崎先生的身体，把脸埋在他的胸前，轻轻地啜泣着，“但是……如果没有你，我就不会存在。不管走到哪里，我的心思还是会回到那个灰色的地下室。”

雨宫同学拒绝饮食，也拒绝现实，只是一心期盼着被囚禁在那个地下室。

只有这样——才是雨宫同学的真实。

为此她才故意对黑崎先生挑衅，把他拉回他们的沙盘模型里。

想要让时光倒流的，不只是黑崎先生。

雨宫同学也一样。

雨宫同学也一定搞不清楚那到底是爱还是恨，但就算如此，她还是希望自己最后剩余的时间可以跟黑崎先生共同度过。不是把她当作她母亲，而是希望黑崎先生能看着真正的她。

她每晚以夏夜乃的身份四处徘徊，只是因为她一直渴求着黑崎先生。

彼此贴近的雨宫同学和黑崎先生非常相似，看来确实像是原本就该在一起的两人一样毫无隔阂。

这是当然的。毕竟他们是血浓于水的亲生父女。但是，就是这点让他们两人——尤其是雨宫同学——更加陷入万劫不复之地。

黑崎先生让雨宫同学抱着，好像犹豫着不知该不该也伸手抱住她。他只是痛苦地皱着眉，低声说道：“我不想……把你让给任何人……就像你说的，我是因为害怕看到你死去才逃出那个家，但是……我始终无法忘记你……不管走到哪里，不管在做什么，我都一直想着你……就算吃了东西还是会忍不住吐出来……什么都吃不下去……”

他举起手来想要抚摸雨宫同学的头发，却像刚才一样，犹豫不决地停止动作，握紧手指。

“每次我看见你跟其他男人走在一起，就觉得胃里翻腾，好想吐……头也变得好热……甚至有股冲动想要杀了那些男人。当我收到你的信，知道你要结婚时……我就觉得整个世界好像要在我眼前崩溃了……”他干裂的嘴唇吐露出充满痛苦和后悔的话语。

“……如果……我们一开始就以父女的身份相遇就好了……”

远子学姐垂下眉梢，好像要哭了。

流人也紧握着长椅的椅背，咬紧嘴唇。

我也感到心脏被悬吊起来般的苦楚。

因为，黑崎先生这句话，对雨宫同学来说是最残酷的话语。

因为，这是毫无疑问地表现出，对他而言自始至终最爱的人都是夏夜乃的话语。

或许这确实是他没有一丝虚伪的真心话，但是，雨宫同学赌上自己的命，期盼听到的并不是这么一句话……雨宫同学举起绑着绷带的手，捶打着黑崎先生的胸口。她以残存的力量，充满了愤恨、懊悔与无奈，不停地捶打——她的脸还是埋在黑崎先生的胸口，无言地捶打着他。

咬紧牙关忍耐着的黑崎先生，忍不住低声呻吟了。

最后，雨宫同学精疲力竭地抱住黑崎先生。

黑崎先生的脸上出现了惊讶的神情。

“……虽然我很恨你……虽然我一点都不爱你……但是，我也曾经梦想过，如果我是活在另一个故事之中，就可以跟你以父女的身份相遇……我也期望过，能够活在一个平凡而幸福的家庭，里面有你，也有妈妈……这么一来，就不会有人遭遇不幸……爸爸也是，玲子姑妈也是，我也是……你也是……大家都不需要那么痛苦了……”雨宫同学仰起脸庞。

我忽然心头一惊。

泪流满面、难过地仰望黑崎先生的雨宫同学，看起来已是身心受尽煎熬，就快要支撑不住了。但是，她的视线跟他交会后，拥有琥珀色泽的眼睛就悲伤地溢满泪水，然后缓缓地露出微笑。

她一眨眼，泪珠就滚落脸颊。

那是知道自己的爱恋被最爱的人否定，知道了这是绝对无法实现的恋情，在最后一刻展露出来的释然表情……黑崎先生惊愕地看着她。

雨宫同学眯细眼睛，温和安详地回望着她又爱又恨的他，然后以轻柔的声音叫道：“爸爸……”

此时，黑崎先生的脸上浮现备受冲击后的如痴如狂……

雨宫同学沉静地望着他的清澈眼神，还有滚落脸颊的泪滴，这一幕我一辈子都无法忘记。

雨宫同学把头靠在黑崎先生怀里，闭上了眼睛。然后，她从此没有再睁开过眼睛，一周后就在医院的病床上咽下最后一口气。

终章

后来的我们

因为这个故事跟自己的故事太像了，所以没办法读到最后，她淡淡地微笑说着，把书放回原处。

“我觉得凯瑟琳不应该跟埃德加结婚。就算穷苦，也应该跟希斯克利夫在一起。这样的话，就不会有任何人遭遇不幸了。”

她是个不太会说出自己想法的女孩，是个什么秘密都深藏在心中，只是淡淡微笑的温柔女孩。

但是，她在当时却直视我的眼睛，用热烈的口气清楚地表达了她的心情，“如果我是凯瑟琳，一定会永远陪伴着希斯克利夫，绝对不会丢下他一个人……但是，希斯克利夫还是一直深爱着背叛了自己的凯瑟琳呢……就算凯瑟琳已死，他还是会挖开她的坟墓，大叫着要她变成幽灵回到他身边……不管其他女性再怎么倾心于希斯克利夫，对他来说，也只有凯瑟琳才是永远的情人吧……”

当时她早就已经病入膏肓，连医生都诊断出她来日无多了。她迟早会发现这件事吧！

当我知道她不久后即将离开人世的时候，我决定写她的故事。这是我首次的尝试。老实说，我对写文章一向很不在行。作画的时候，我可以感受到无上的喜悦，但是写作对我而言只是一份苦差事。即使如此，我还是开始写起她的故事。

这是为了留下她活过的证据呢？还是想要借着写下她走过的轨迹，让看着他们这段故事的我的心灵能够沉淀下来？我自己也不太清楚。

在作画的时候，我是非常自由的，感觉自己好像什么东西都能看透，能够支配一切，但是写作的时候我就非常不安，也猜不透这个故事将会有什么发展。

我是在初中的时候认识她的。当时我是二年级，她是一年级，我们同样加入了校内的美术社。

那时，祖父和父亲都还没开始对我有所警戒，就算我说要画画，他们也没什么意见。我想，他们八成以为这只是一种兴趣。

我的家系可以追溯至平安时代，这点让我的祖父非常自豪。经营这间学校的祖父另外还有好几间公司，人脉遍布各个领域。我不管在哪里，经常都会讶异地发现，原来这里也有仰仗着我祖父鼻息的人啊！

从我小时候开始，祖父就帮我决定好一切。包括兴趣、要学习的技艺、服装、朋友，我只是一味地接受祖父为我准备的东西，从来就没办法拒绝。

我生活的这个圈子，虽然表面上灿烂耀眼、高贵豪华，实际上却非常无趣，母亲也一定很讨厌这种生活吧！她在我小学二年级的时候，就跟父亲离婚，离家出走了。

我的母亲是外国人，出生于英国的爱尔兰。我还真不敢相信，有什么不满都会清楚表达、活泼好胜的母亲竟然愿意嫁到这个死板沉闷的家庭，甚至还忍耐了七年之久。祖父对于又是外国人又是平民、个性还很傲慢的母亲，当然总是没有好脸色，所以父母离婚后，我完全被禁止跟母亲有所往来。

随着年岁增长，我的外表和个性都变得越来越像母亲，这点似乎让我的祖父很不高兴。在初中三年级时，学校出了一项作文功课，题目是“将来的梦”，我就写了将来要一边作画一边游历世界各国。祖父看了那篇文章之后，情绪变得非常激昂，就开始教训我说以后要招赘继承家族，也不准再画画了。祖父一定是想到了我那个抛弃家庭的母亲，所以担心我也会像母亲一样离开这个家吧！

初中毕业后，我进入祖父经营的高中就读。当我说要加入美术社时，也受到了强硬的阻挠。祖父说，我们家族世世代代都加入管弦乐社，担任指挥的职位，所以要我也遵从这个传统，用这种莫名其妙的理由逼我就范。

我知道违逆祖父只是徒劳无功，所以就开出了条件。如果要我加入管弦乐社，就要给我一间画室，任凭我自由使用。我在里面的时候可以随自己的高兴作画，如果是在其他地方，我就不画画。

祖父勉为其难地接受了这个条件，真的给我一间个人专属的画室。

虽然把画室盖在音乐厅这点让我感受到祖父的专横，不过，那也就罢了。

我拿到好成绩，也乖乖地在管弦乐社挥舞指挥棒后，祖父就不再像初中时代那么经常对我说教了。或许是担心如果说太多，会适得其反地把我逼得离家出走吧！只要不超出祖父能掌控的范围，我也被准许自由行使各种特权，因为祖父似乎很高兴看到我善于使唤别人的一面。但是，虽然我有办法使唤别人，自己却什么都做不到。

把话题拉回她身上吧！

因为她非常内向又谨慎，所以我们在初中的美术社里以学姐学妹相称时，也少有交谈的机会。她通常都躲在教室的角落，独自安静地画画，而我的身边总是围满了人。

有一天，我偶尔摆脱了那些包围我的人潮，只跟她两个人待在社团活动室里。她没有发现我已经走进来了，还把素描簿放在膝上，正在用水彩笔上色。我看到她那张带着微笑的侧脸，露出惹人怜爱又充满幸福的表情，一时之间看呆了。我忍不住好奇，从她背后偷偷瞄了一眼，发现她的素描簿上画了一位跟她年龄相仿的少年。

少年的头发是浅茶色，眼睛似乎带着一抹淡淡的青色，是一幅拥有透明感的美丽绘画。虽然如此，少年的表情却有些黯淡，脸上还有着孤独的神情。

“他是你的男朋友吗？”我如此问道，她惊吓地回过头来，连耳根都红透了。

“不是……那个……这个人我从来没见过。”她踌躇地告诉我，她的母亲让她看过这位少年的照片。她虽然尴尬却还是一直带着微笑，所以我就继续追问，她紧紧抱着素描簿，有点不好意思地说，“我总觉得哪天一定能够见到他……如果可以见到就好了……”

不管是谁看到她当时的表情，就会知道她已经爱上了那位只看过照片的少年。充满梦幻般少女情怀的她，看起来好可爱好纯情，让我不禁对她产生了好感，同时也羡慕得令我胸口有些发疼。

我大概连自由恋爱都不被允许吧！而且，我在当时对自己心中冷酷残忍的一面已经有所自觉，所以我完全无法想象自己能够像她那样全心全意地去爱别人。因此，我非常羡慕自然而然就能产生这种感情的她。

“嗯……刚才说的那些话，请不要告诉别人哟！”

她不安地望着我，我也答应她要把这件事当作我们两人的秘密。

之后，我就没有再跟她说过话了。

她的父亲和姑妈很快地相继死去，她也退出美术社，我们从此断了音讯。

虽然我心中多少有些在意，却也没有真的去找她，或是向她的导师和朋友询问她的状况，因为我们的交情还没有好到那种程度。

我在派对上跟她重逢，已经是半年后的事了——那时我是初中三年级，她是初中二年级。

她跟一个戴着浅色墨镜、一头茶色头发的男人在一起。我向熟人询问，才知道他是她的监护人，而且好像还恶名昭彰。

我总觉得曾在哪里看过这个人，所以一直注意着他。当他为了擦汗而拿下墨镜时，我看见他那双带了一点青色的茶色眼睛，就确定了他是素描簿里那位少年成长后的模样。

那么，她已经跟自己梦想中的少年相遇了吧！

被他牵着手的她变得好瘦，眼神空虚呆滞，简直就像个人偶。每当他对她说话时，她的肩膀都会为之一震，看来她似乎很敬畏他。不过，她却没有试着挣脱他的手，就好像离开他就活不下去。

她用细细的手指紧紧抓住他的手臂，他也是片刻都不离开她的身边。

我不知道他们两人之间是怎样的关系，但是，我认为现在的她已经得到幸福了。

不管是以何种形式，她已经得到了最想要的东西。

紧密靠在一起的两人，看起来仿佛一对独角兽，既梦幻又飘渺，她虚幻的目光就好像睁着眼在做梦。

不久之后，我在学校的走廊上碰到她。我叫住她，问道："你已经遇见你的王子了吗？"

她沉默了片刻，才深深吸了一口气，回答说："是的。"

她说这句话的模样，充满了坚强的决心和意志。

真是太美了。美得让我的心强烈跳动，膝盖颤抖。

当时的她，想必是一边忍耐着他的冷酷对待，一边乐观地相信他们两人一定会有幸福的未来吧！当时她还不知道他就是她的亲生父亲，所以她一定深深期盼着他有一天不会再把她当作她母亲的替身，而是能看到真正的她。

从此之后，我就一直看着他和她。虽然我没有跟她亲密地聊过，但是我派祖父的部下去调查后，得知他是从小就住在她母亲家里的孤儿，还有他是怎么爬到今天这种地位的，就连他把她当作自己的所有物，还有他是如何控制她的这些事我也都知道得一清二楚。听起来就像我最近读的那本小说。

那本小说的书名，叫做《呼啸山庄》。

我从普通的读者转变为书中角色，是从半年前——今年年初开始的。我看见她瘦得经常会贫血昏倒，实在是看不下去，就劝她到医院检查。我完全想不到会有那种结果——再过不久，她的生命就要终结了。

医院好像联络了她唯一的家人——他。

他因为过度绝望而打算亲手杀死她，但却下不了手，于是搬出去住了。

被独自丢下的她因为强烈的失落感，变得什么都不肯吃，还会自称是夏夜乃，穿着旧式的水手服，每天夜里四处去徘徊。

从那时开始，我就频繁地去她家拜访，听她说话。

我开始写他们两人的故事，也差不多是在那个时间。

同时我也产生一种连自己都无法解释的热情，迫切地想要成为这个故事的作者，为他们创造一个结局。

我不希望他和她的故事就这么结束。我要为他们两人的故事画下句点！

但是，我似乎真的没有小说家的才能。首先，女主角开始失控了。然后应该是男主角的他，也没有像我预想的那样行动。另外，计划之外的人物也一一登场，擅自加入了这个故事。

第一个就是自称为“文学少女”的天野远子，她是我长年的单恋对象。第一次看见她的时候，我就被她那种清纯、柔和又神秘的气质给吸引住了。从此就不断劝她当我的裸体模特儿，不过我的野心直到现在都还未实现。

我没有猜到远子竟会介入这个故事，就连远子寄宿家庭的儿子樱井流人，也跟萤交往了。

我为了让远子却步，故意制造了幽灵骚动，甚至给了远子无关紧要的情报，让她远离萤。远子一向很怕幽灵，虽然她本人极力隐瞒，但是从她的言行举止就看得出来了。一年级的时候，我们参加过在临海学校举办的试胆大会，远子虽然说着“会因为幽灵什么的大呼小叫，就表示还是个小孩”，但是她却从头到尾都紧握着盐罐，一秒都没有放下来过。

她因为幽灵骚动事件而吓得花容失色的模样真是太可爱了，让我获得一种恶作剧的快感。虽然我也反省自己是不是做得太过火了……总之是达到目的了。

不过在此期间，麻烦制造者樱井流人竟然拉着远子的学弟一起四处调查萤的事情。

她之所以不断换男朋友，就是为了感受他的在乎、他的视线、他的脚步声、他的存在。她的交往对象都不是什么好人，有些不只会骂她，甚至还会拳脚相向，不过她反而觉得对男朋友很过意不去。

偷偷跟踪她、把她的男朋友陆续赶走的他，也跟她一样被逼得很紧，因而罹患了厌食症。

他们明明就是少了对方就活不下去，但是他后来回家一次，在为她准备餐点之后，就告诉她再也不跟她见面了。她陷入疯狂，开始错乱，竟然把当时碰巧去拜访的樱井流人刺伤了，后来还把远子和心叶关在地下室，想要烧死他们。

我只能举双手投降。

身为业余作家的我，根本不可能控制得了这个错综复杂的故事，并且将其修改为正确的样貌。

我虽然苦恼，但或许我其实是期待着暴风的来临吧！期待故事中吹起更激烈的暴风，满载了灿烂意志的崭新暴风……

所以，当远子看穿这个故事就是《呼啸山庄》时，我反而松了一口气，说不定还得靠远子把她和他带到对决的场地。如果是这个“文学少女”，或许真的可以把故事引导到本来该有的方向，我如此祈祷着。

后来真如我所想，远子果然引起了暴风，把覆盖在他们心上的沉淀一扫而空。接下来，就只剩下显露出来的真实。

但是在此同时，也暴露出他真正爱的只是九条夏夜乃，无论她怎么努力，也只能当母亲的影子。对他而言，只有夏夜乃是他灵魂的半身，是他永远的挚爱。

她听见他说出这么残酷的话语，却在最后的瞬间露出笑容。

“爸爸……”她这么叫着，然后在他的怀里闭上双眼。

天空已经放晴了。

她并不是因为化为复仇恶鬼的希斯克利夫而扭曲了命运、被囚禁在呼啸山庄的凯瑟琳·林顿。而是另一个凯瑟琳·恩萧，同时也是另一个希斯克利夫。

因为，她并不是冰和月光制成的埃德加的女儿，而是火和闪电制成的希斯克利夫的女儿。所以这个故事在中途就从《呼啸山庄》转变为其他故事，或许也是无可奈何的结果。

而且，被憎恨缠身的青眼的希斯克利夫，也并非真正的恶魔，他只是一个深爱着夏夜乃而受尽创伤的平凡人类。

这两人的故事就这样结束了。不过我写下的这个故事，或许也掺杂了我自己的想象和捏造，事实上可能还另有隐情吧！

就像是除了那个古道热肠又多话，也有着冷酷一面的艾伦·迪恩所诉说的《呼啸山庄》之外，或许也有着另一种《呼啸山庄》吧！

这个故事如果由其他人来转述，或许又会变成不同的样貌吧！

《呼啸山庄》作者艾米莉·勃朗特的姐姐夏绿蒂，在艾米莉死后曾针对批评《呼啸山庄》的人们写了一篇反驳的文章，把亲爱的妹妹用灵魂写成的这本书的真正价值，还有真正的光辉宣告世人。

但是，我并不想拥护这两人，也不想当他们的代言者。他做的事和她的感情，不管看起来再怎么异常，不管能够理解的人再少，我也不想加以批评。

因为我也希望自己可以像她那样，自由地贯彻自己的恋情。就算是错，就算不被谅解，就算违反了世间的道德伦理，还是可以随心所欲，自由自在地去爱。

因为她那毫无拘束的灵魂，正是我最憧憬、最渴望的东西。

她的灵魂，在最后的一瞬间像闪电一样释放出光芒。

花了半年时光写成的这个故事，我并不想让任何人看到。全世界只有一个人知道的故事——这样的故事也不错吧！

◇　◇　◇

暑假即将来临的时候，雨宫同学的葬礼在教堂悄悄举行了。

闭眼微笑的雨宫同学，被埋在白色百合花之中的遗容，看起来非常幸福安详。

她被埋进墓地前，麻贵学姐把一本漂亮的褐红色封面日记簿放进棺材里。虽然她说这是雨宫同学小时候的日记，但是封面看起来明明就还很新。

挺直腰杆、抿紧丰唇、以凛然表情目送雨宫同学最后一程的麻贵学姐，心里到底在想些什么？我问过麻贵学姐为何要帮助雨宫同学，她只回答因为和雨宫结为亲戚对姬仓一族很有益，但是，我想一定还有其他的理由吧……

我得知雨宫同学在医院过世的消息当天放学后，写了一篇三题故事。远子学姐出的题目一样是"苹果园"、"秋千"和"全自动洗衣机"。

我写的故事是，在充满透明的光芒和酸甜香气的苹果园里，他和她把衬衫和裙子依次放入全自动洗衣机。在喀嗒喀嗒震动的洗衣机旁，两人就在树下荡秋千玩耍。他推着她的背，让她高高地荡上蓝天，然后又回到他的身边。就这样反复地荡着。

实际上是父女的雨宫同学和黑崎先生，无论如何都不可能以恋人的身份结合。但是，至少可以在想象中实现……

夕阳洒下了金色波浪，在满是尘埃的社团活动室里，远子学姐坐在椅子上，手指点着嘴唇，以沉静的表情读着我的故事。

然后，她撕下了稿纸一角，放入口中。接着她又撕了好几张，仔细咀嚼，然后露出悲怆的表情。

"好像是加入蜂蜜和红酒一起熬煮再冰过的苹果……好甜……好美味……"她一边说着，一边把稿纸放到桌上。

远子学姐没有继续把那篇文章吃完，而是把稿纸卷成圆筒状，绑上紫色缎带，说道："这些就送给小萤吧！"

然后，在逐渐染上暗红暮色的活动室里，远子学姐开始吃起雨宫同学投入文艺社信箱的纸张。

她拿起一张又一张的纸片，澄澈的漆黑眼睛仔细读着写在纸上的每个数字，喉咙偶尔会轻轻颤动，很痛苦、很哀伤似的，含着泪水吃得一张都不剩。

——“42 43 7 14 43 36”(我爱他。)

——“46 1 42 6 41 4714 21 16 3 39 11 7 40 27 14”(别看着妈妈,请看着我。)

——“13 27 4714 30 43 43 4721 13 40 44 4 14 30 1 26 39 16 43”(就算是罪也无所谓,要惩罚我也无所谓。)

——“1 45 13 14 2 14 42 46 43”(回来吧苍。)

——“14 41 475 3 24 21 43 2 11 3 16 43”(不想去天堂。)

——“14 41 475 3 24 21 43 2 11 3 16 43”(不想去天堂。)

——“14 41 475 3 24 21 43 2 11 3 16 43”(不想去天堂。)

写在笔记本碎片上的一串串数字,已经变成述说一位少女思慕之情的故事。

那份心情、那种真实,吞下纸片的远子学姐一定都感受到了。

我和远子学姐并肩站在一起,低头看着躺在白百合之中的雨宫同学的遗容,想起了她最后那句话。

雨宫同学之所以会在最后叫黑崎先生“爸爸……”，或许是为了狠狠刺伤黑崎先生的心，希望他永远都不会忘记自己吧！如果真是如此，那么雨宫同学最后的愿望已经实现了。

她带着微笑轻轻说出的那句话，想必黑崎先生永远都无法忘记吧！

“爸爸”这两个字，是无法以恋人身份赢过夏夜乃的雨宫同学最有力的复仇，同时也是告白，是用自己的生命换来的攻击。

雨宫同学并不是一位受到命运捉弄的可悲少女。而是以自己的意志扭转了故事结局，无比坚强的少女。像暴风那样去爱人的少女。

那些夜晚，我在化学教室遇到的，是渴求着希斯克利夫的凯瑟琳。

然而，失去了九条夏夜乃和雨宫萤——失去了这两位凯瑟琳的希斯克利夫，此后只能一直怀抱着饥渴的心活下去吧！

站在葬礼队伍之中的黑崎先生显得更瘦了，皮肤也变得暗沉干燥，脸颊上布满了胡楂。他的眼睛里交错着苦恼、绝望与伤痛，永无休止地沉痛自责，看起来有如苦恼的罪人。

要到哪一天，他才能获得救赎？

说不定，他根本不希望得到救赎吧？或许他今后会在刮着暴风的荒野上，为了追寻所爱人们的影子，永远地徘徊下去吧！

葬礼完毕后，麻贵学姐把雨宫同学交给她保管的信拿给流人。

流人立刻拆开信读了起来。他一边读着，肩膀和手就一直微微颤抖，表情也变得扭曲，最后，他哭着把信撕得粉碎。

“……什么对不起，什么谢谢……我想听的才不是这种话……

萤……我多么希望你可以爱我……如果还有时间，我好想再带你去更多地方……好想再让你吃更多东西，把你养胖一点……”

被撕碎的信纸，就像被风吹散的白色花瓣，飞舞在遍布墓地的十字架之间。流人的脸颊不断滚落泪珠。

——刺伤了你真对不起，流人。

——谢谢你愿意跟这样的我交往。喜欢“萤”的人，就只有流人。

——那个人，还有我的父亲、姑妈，大家都在我的身上找寻妈妈的影子。大家喜欢的都是跟妈妈长得很像的我，并不是真正的我。但是，流人一开始就看到了“萤”，还对我说你喜欢我，对我说“你就是雨宫萤”。

——对我而言，流人就是“日之少年”呢！或许我跟流人的相遇，就是神给我的最后一个礼物。如果可以跟流人一起活在白天的世界里，萤一定可以变得跟那个故事里的女孩一样，过着非常幸福的生活吧！

——但是，我终究没办法离开那个只有夜晚的房间。我就只能活在那个地方。不管是天堂，还是其他任何地方，都不会比这里更适合我。

——真的很对不起，流人。感谢你一直以来的照顾。

天空飘起细细雨丝，淋湿了低头矗立的流人的头发和肩膀。

远子学姐为他撑起紫色的伞。

流人只是颤抖地说，还想在这里待一下子，希望她先回去。远子学姐露出悲伤的表情，抓起流人的手，让他握着伞柄。

麻贵学姐坐着高见泽先生的车回去了。虽然她问过我们要不要搭便车，远子学姐却说想要走路回去，所以我也婉拒了麻贵学姐。

我们两人撑着一把藏青色的伞，并肩走在被灰色的雨笼罩的道路上。

夏天的雨下得很宁静，也很温暖。

远子学姐虽然没有哭，但是比平常还要安静，低垂睫毛的疏影落在黑色的瞳孔中。就算没有说出口，但是她悲伤的心情仍然不言而喻。

我们一边听着雨滴打在伞上的声音，一边随口闲聊。像是期末考、家里的杂事、最近读过的书、喜欢的音乐等等……还聊到了琴吹同学……

"……小七濑这个星期就要出院了。"

“是吗？那真是太好了。琴吹同学……在当时帮我说话了。我会对大家发脾气，并不是因为琴吹同学……”远子学姐稍微把视线转向我。但是，她没有问我当时为何会那么激动，只是淡淡地微笑。

“是吗……小七濑真是个好孩子。”

或许真是如此吧！

在琴吹同学出院前，再去探望她一次吧！如果我不再怕她、跟她好好聊过，我们的关系或许可以变得比以前更好吧……

远子学姐把视线拉回前方，柔声说道：“我只要读了《呼啸山庄》就会觉得好饥饿……不过我还是喜欢那个故事，我也觉得最后算是快乐的结局。作者艾米莉·勃朗特在过世之前，已经开始动笔写下一部作品了……传说中的第二部作品，不知道会是怎样的故事？”

她仿佛开始想象起那种味道，垂下睫毛，闭上眼睛。

井上美羽也是没有出版第二部作品就消失了。

我已经不再写小说了。但是，如果现在的我又重新提笔，不知道会写出什么味道的故事？

远子学姐仍然闭着眼睛，轻轻地说：“心叶，再写一个爱情故事吧！”

“那我就写一个有幽灵出现的爱情故事吧！”

“呀！不行啦！”她睁开眼睛，慌张地抗议的模样很有趣，“禁止写幽灵的题材，我们约好了哟！”

看到远子学姐鼓着脸颊再三强调的样子，我很自然地笑开来，胸口也觉得好暖和。

“好好好，不过，如果远子学姐以后再乱来，我就写一套幽灵全餐给你。”

我故意说话惹她更生气，也更慌张，我就藉此品味着小小的生活乐趣。

已经无法回到过去了。也不知道将来会是什么模样。

但是，有时受伤、有时哭泣叫喊、有时也能得到治愈，人们就是活在这么一个不确定的故事之中。

我们就这样闹着、笑着、气着、抬杠着，然后又笑着——继续走在夏天的这场雨中。

注释：

注 1：家里蹲，原文"引きこもり"，是指因为社会适应不良而自我封闭，长期把自己关在房里的青少年，又称"隐蔽青年"或"茧居族"。

注 2：《小公子》(The Little Lord Fauntleroy)；《小公主》(A Little Princess)，曾改编成卡通"莎拉公主"。两者都是美籍英国作家弗朗西斯·霍奇森·伯内特(Frances Hodgson Burnett)的作品。名琪院长，主角就读的寄宿学校校长，原先拼命讨好主角，但是一得知主角父亲的死讯之后，就把她当作女仆压榨。

注 3：《雨滴项链》(A Necklace of Raindrops)、《包了一片天空的派》(There's Some Sky in This Pie)、《三位旅人》(The Three Travellers)。三者都是英国童书作家琼·艾肯(Joan Aiken)短篇集《雨滴项链》(A Necklace of Raindrops and Other Stories)里的故事。

注 4：《威利山庄的狼群》(The Wolves of Willoughby Chase)，描述 Bonnie 和 Sylvia 这对表姐妹因为父母外出而被家庭教师赶到伦敦的感化院，过着悲惨的童工生活，并且努力夺回家园的故事。

注 5：阿加莎·克里斯蒂(Dame Agatha Mary Clarissa Christie)、埃勒里·奎因(Ellery Queen)，两人都是本格派推理小说家。赤川次郎则被分类为幽默推理小说家。

注 6：大和抚子，大和为日本的别称，抚子是粉红色的瞿麦花。借指贤淑端庄，拥有服从之传统美德的女性。

注 7：东大，东京大学，是日本第一学府。

注 8：夏目漱石的初期三部作品，是《三四郎》《之后的事》(それから)和《门》。

注 9：傲娇，御宅族之间的新词汇。原文"ツンデレ"，指乍看之下骄傲刻薄，内心却娇羞可爱的性格。

注 10：《古利和古拉》(Guri and Gura)，童话绘本，作者为中川李枝子。《欢乐村的六个孩子》(Alla Vi Barn I Bullerbyn)，作者为阿·林格伦(Astrid Lindgren)。

注 11：《漫长的告别》(The Long Goodbye)，作者为雷蒙德·钱德勒(Raymond Chandler)。

注 12：安珍清姬传说，出自《今昔物语集》，清姬因为追求僧人安珍不成，愤而化为大蛇将他杀死。

注 13：阿七(八百屋お七)，她在火灾避难时在寺庙认识了吉三郎，为了再见对方一面而蓄意纵火，因此被处死刑。

注 14：约翰·斯维尔(John Sliver)和他的伙伴们，是《金银岛》里的海盗。

注 15：千金之子，坐不垂堂，是指自重自爱，不接近危险的地方。

注 16：吐茧，厌食症患者长期将手指伸进喉咙催吐，所以指根部位出现了门牙磨出来的茧。

注 17：恐慌症，焦虑症的一种，会突然感到强烈的恐慌或焦虑，造成心跳加速、呼吸困难、轻微头昏。过度换气症候群，日文是"过呼吸"，指急性焦虑引起的生理、心理反应，发作时会身体麻痹、头晕胸闷、心跳加快、肢体痉挛，甚至是昏厥。强迫症，患者会反复出现一种无意义或负面的想法与行为，且无法控制。

注 18：欧·亨利(O.Henry)，美国著名短篇小说家。芥川龙之介，日本的知名文豪。星新一，日本的科幻小说家。

注 19：鲜花邱比特，日本一间大型的连锁花店。

注 20：《日之少年与夜之少女》(The Day Boy and the Night Girl)，作者为英国文学家乔治·麦克唐纳(George Macdonald，1824～1905)，收录于《轻轻公主》(The Light Princess)的短篇故事。《北风的背后》，原名"At the Back of the North Wind"。

注 21：《纳尼亚传奇》(The Chronicles of Narnia)，作者为英国著名文学家 C.S.刘易斯(C.S.

Lewis)。《说不完的故事》(The Neverending Story),作者为德国童话作家麦克·安迪(Michael Ende)。

注22:红发安妮(Anne)、吉尔伯特(Gilbert),都是《清秀佳人》(Anne of Green Gables)里面的人物。

注23:华生医生(Dr.Watson),名侦探福尔摩斯的助手。

注24:禾林图书出版公司(Harlequin),加拿大最大的罗曼史小说出版社。

注25:国木田独步(1871～1908),擅长将新体诗转写为小说,是自然主义文学的先驱。威廉·华兹华斯(William Wordsworth, 1770～1850),英国浪漫派诗人。

注26:简·奥斯汀(Jane Austen),《傲慢与偏见》(Pride and Prejudice)的作者。

注27:狄更斯(Charles Dickens, 1812～1870),代表作为《孤雏泪》《双城记》《小气财神》等。夏绿蒂·勃朗特(Charlotte Bronte, 1816～1855),代表作为《简爱》。艾米莉·勃朗特(Emily Bronte, 1818～1848),代表作为《呼啸山庄》。玛莉·雪莱(Mary Shelley, 1797～1851),代表作为《科学怪人》。维吉妮雅·伍尔芙(Virginia Woolf, 1882～1941),代表作为《奥兰多》《灯塔行》《戴乐威夫人》等。曼斯菲尔德(Katherine Mansfield),代表作为《花园宴会》等。毛姆(William Somerset Maugham, 1874～1965),代表作为《人性的枷锁》等。

注28:《八墓村》和《狱门岛》,皆出自于日本知名推理作家横沟正史笔下的"金田一耕助系列"。

注29:《公主与妖精》(The Princess and the Goblin)、《公主与柯迪》(The Princess and Curdie)、《妖精的酒》(The Carasoyn)、《金钥匙》(The Golden Key)。

注30:《仙缘》(Phantastes, A Faerie Romance for Men and Women)。

原日文版后记

大家好，我是野村美月。这是“文学少女”系列的第二本。这次简直就是难产啊，我写到一半的时候还向编辑哭诉，“能不能换一个故事啊？”最后能够顺利完成真是可喜可贺，可喜可贺啊！这次的主题《呼啸山庄》是我从小就很喜欢的作品，所以也想在故事中更深入描写作者艾米莉·勃朗特的事迹。像是她在孩提时代的想象游戏，还有跟姐姐夏绿蒂的关系，都是美味至极的题材呢！我对她们三姐妹一起出版的诗集也很入迷，也推荐大家去看她们的传记和诗集。

负责插画的竹冈美穗老师，这次也为本作画了这么美丽的插画，真是太感谢你了！我收到的草稿里，萤和流人的形象都塑造得好贴切呢！

黑崎先生的第一版草稿，就像惊悚能量全开的哥特式恐怖风格，真的非常吓人，在我拜托了“可不可以再……往不那么可怕的方向修改一点……”之后，美型度就大幅度提升。但是，恐怖版的黑崎先生也很有味道哟！不同发型的恐怖版黑崎先生五六个并列在一起的草稿，看起来有够壮观。没办法让各位读者看到真是太可惜了。

接下来，关于第一集《渴望死亡的小丑》，大家给了我很多感想意见，让我获得不少鼓励。非常感谢你们买了这本小说！虽然今后还有很多考验，但是我一定会好好努力，所以下一本也请大家多多指教。那就再会了。

二〇〇六年　七月二十四日　野村美月

书中引用了以下书目，或是曾经作为参考：

《呼啸山庄》（艾米莉・勃朗特著，永川玲二译，集英社股份公司，一九七八年出版。）

《艾米莉・勃朗特——漫舞在荒野上的灵魂》（凯瑟琳・法兰克著，植松绿译，河出书房新社，一九九二年初版发行。）

《阅读呼啸山庄》（中冈洋编著，开文社出版股份公司，二〇〇三年初版发行。）

《武藏野》（国木田独步著，新潮社股份公司，一九四九年初版，一九九三年八十二刷改版。）

中文简体版特别收录
小小番外

流人：哟，我是知道远子姐姐秘密的男人，樱井流人。这一页是为了幽灵这一卷本中特别写的后记哦。这是我给，可爱的小姐们，美丽的姐姐们，性感的太太们，以及所有其他女性读者的免费服务哦。

心叶：……流人君，那个，也有男性读者啦……

流人：我，貌似可是被男性读者讨厌的第一名哦。哎呀，这张脸，还有这么受欢迎的身份，根本就是男性天敌嘛。就我自己而言，只要有女孩子读者的支撑就足够了。

心叶：流——流人君！已经够了！（慌张地遮住嘴巴，叹了口气）啊，我在这两卷本里都被远子前辈和流人君玩弄于掌心，被关在地下室差点整只烧烤，去迎接被辅导的远子前辈时也没遭遇到像样的事情过。

流人：心叶真是没用啊。好不容易和远子姐姐在密室里两个人独处，那么美味的场景啊！

心叶：像你所期待的那种东西，一辈子都不会发生的啦！

流人：哎呀哎呀，不要这么说嘛。看到哭泣的女孩子去安慰一下这样的手段，无论多少我都可以教你啦。下次有机会一定要尝试一下哦。啊，说到机会的话，要不自己制造吧？

心叶：不要！把手机关掉！你要打给谁啊？

流人：嗯，给各种能够帮上忙的女孩子嘛。啊，这样吧，我告诉你远子姐姐的秘密吧。听了那个的话心叶一定会立刻被秒杀的哦！

心叶：远子学姐的秘密？（虽然装作不在意的样子，但还是很动心）

流人：那个，其实远子姐姐是……

心叶：（咽口水声）

流人：（微笑）果然还是保密吧。

心叶：流人君！

流人：啊哈哈，快点意识到吧，远子姐姐的“真正的身份”。

（呼呼，远子学姐真正的身份是什么呢？）

（嗯，真是一件值得期待的事情啊！咱们下回见啰！）

可以再次登场，真是太高兴了。
这是第二集。好蓝。怎么涂都还是蓝色……

下面的插画是编辑（这次也要您不少照顾）要求的黑崎先生和夏夜乃。
暗号对照表也一并加入，请享用。

下回也请多多指教。

竹冈美穗

附录1　暗号对照表

42	43	44	45	46
あ	い	う	え	お
1	2	3	4	5
か	き	く	け	こ
6	7	8	9	10
さ	し	す	せ	そ
11	12	13	14	15
た	ち	つ	て	と
16	17	18	19	20
な	に	ぬ	ね	の
21	22	23	24	25
は	ひ	ふ	へ	ほ
26	27	28	29	30
ま	み	む	め	も
31	32	33		
や	ゆ	よ		

34　35　36　37　38
ら　り　る　れ　ろ

39　40　41
わ　を　ん

47　　　　　48
゛(浊音)　゜(半浊音)